Mémoires
épicuriennes

1

À Carole,

Que ce livre et ses
nouvelles vous procure
mille sensations
de toutes sortes.

Mai de Scandale

Catalogage avant publication de Bibliothèque et Archives nationales du Québec et Bibliothèque et Archives Canada

Scandale, Madame, 1950-

    Mémoires épicuriennes

    L'ouvrage complet comprendra 3 v.

    ISBN 978-2-9809874-2-7 (v. 1)

    I. Titre.

PS8607.E3873M45 2010   C843'.6   C2010-942328-3
PS9607.E3873M45 2010

❖ Madame de Scandale ❖

Mémoires épicuriennes

1

Les Éditions

de
l'Interdit

ISBN 978-2-9809874-2-7
Imprimé au Canada

Dépôt légal du 4ᵉ trimestre
Dépôt légal – Bibliothèque et Archives nationales du Québec
Dépôt légal – Bibliothèque et Archives Canada

Table des matières

Mes très chers lectrices et lecteurs,

Il se pourrait fort bien qu'à la lecture de l'un des textes suivants, un bon nombre d'entre vous se sentent interceptés par les personnages comme s'ils se reconnaissaient à travers eux. N'ayez crainte, pour chacune de vos généreuses confidences, je n'en ai gardé qu'un seul aspect. Pour le reste, ce n'est que pure fiction, ou tout simplement coïncidence.

Alors, un grand MERCI à vous tous et,
bonne lecture !

Madame de Scandale

La Gageure

Je travaillais comme infirmière dans un hôpital réputé de Montréal, et chaque midi, je mangeais à la cafétéria avec un groupe de femmes à l'esprit ouvert. Nous étions environ une dizaine, qui partagions le célibat, la liberté, les voyages, et parfois même, les hommes. Nous avions toutes un passé très actif ; nous anticipions l'avenir dans le sens positif, mues que nous étions toutes autant par une irrationnelle et inébranlable confiance en nous-mêmes. Que nous soyons pharmaciennes, infirmières ou médecins, nous nous sentions à égalité, et quelle que soit notre fonction, cette liberté d'esprit était sans doute le véritable moteur de notre amitié. D'une certaine manière, nous étions plus ou moins consciemment des sortes de libertines du XXIe siècle.

Ce jour-là, par je ne sais trop quel hasard, nous étions toutes attablées à la cantine, lorsqu'une nouvelle tête vint s'asseoir à la table voisine : un homme début quarantaine, stéthoscope au cou, et beau comme un lever de soleil sur les dunes du Sahara. Sous ses pantalons, on devinait une cuisse élégante, musclée et aux attributs visibles, que bien des femmes auraient volontiers accueillis entre leurs jambes. Je ne pus m'empêcher de fantasmer, l'imaginant dans mon dépôt en train de me caresser la vulve, ou alors me pénétrant par l'arrière-train, me procurant des jouissances sans pareilles. Puis, au milieu de son quart de nuit, j'allais le rejoindre dans une chambre vide, là où nous nous laissions aller à nos désirs concupiscents. Une chaise devant la porte comme serrure, la fenêtre ouverte donnant sur un vent chaud de juillet, et nos ébats, nos caresses, notre sexe intimement lié l'un à l'autre sauvagement, jusqu'à un phénoménal orgasme. Je salivais, à la seule idée des acrobaties sexuelles auxquelles je pourrais me livrer avec ce spécimen.

Je revins à moi, lorsque l'une d'entre nous, considérant l'individu comme point d'attraction, émit une proposition qui nous ravit toutes. Celle d'avoir dans son lit ce bel adonis, mais pas pour un soir seulement, pour une relation sporadique ou non qui durerait au minimum trois semaines, maximum quatre et, de toute évidence, avec preuves à l'appui. Nous en avions huit devant nous pour prouver nos prouesses de séductrice. La première qui réussirait l'exploit gagnerait un voyage en Italie. Il va sans dire que celle qui fit cette proposition avait un frère qui travaillait dans une compagnie aérienne, et que la mise sur table pour la gageure n'était pas considérable, compte tenu du nombre de participantes. Nous étions six à considérer la chose possible, et n'avions même pas cent dollars chacune à investir dans cette aventure jubilatoire, aphrodisiaque et culturelle. Je choisis d'y prendre part, bien que je trouvai l'individu trop séduisant, et sûrement très difficile à prendre dans mes rets. Mais l'enjeu, et surtout la satisfaction de gagner, valaient bien un tel risque, sachant pertinemment que l'attrait d'un tel mâle pouvait électriser bon nombre de femmes.

Trois semaines, c'est long et très court. Je me tins à l'écart quelques jours, pour l'observer attentivement, et ainsi mettre au point ma stratégie d'approche. Je fus ainsi témoin de toutes les tentatives des autres parieuses, qui aboutirent à autant d'échecs. Il s'appelait Joshua, et était affecté au 5e étage, service de pneumologie. J'étais employée à la pharmacie, et rares étaient les occasions que j'avais de rencontrer face à face de beaux mâles. Au cinquième jour du pari, je me retrouvai par chance avec une ordonnance signée Joshua, sur laquelle était gribouillée une posologie quasiment illisible. Certes, avec mes connaissances, je pouvais fort bien deviner, mais je lui envoyai un message lui demandant de bien vouloir passer à la pharmacie. Aussitôt que je le vis arriver de loin, je redressai ma poitrine, ouvris mon sarrau, et arrachai le troisième bouton de mon chemisier, faisant pigeonner ma poitrine autant qu'il en était décemment possible. Il remarqua la chose d'un œil expert…

– Pardon, vous avez un bouton détaché…

– Oh. Merci. Oh non ! Je l'ai perdu. C'est pas très grave. La plupart du temps, je travaille seule, ce n'est pas dérangeant. Qu'en pensez-vous ?

– Si vous le dites… Hem, je suis le Dr. Joshua Goldberg. J'ai reçu votre message.

– Oui. Excusez-moi, je ne comprends pas ce qui est écrit sur votre ordonnance.

– Vous avez parfaitement raison. J'ai griffonné. C'est 30 mg toutes les 6 heures. Donnez ; je vais vous le refaire.

Je lui tendis le billet, le laissai écrire, puis au moment de reprendre le papier, plaçai fermement ma main sur la sienne.

– Dites-moi. Ça vous dirait de manger avec moi à la cafétéria, demain ?

– Et pourquoi pas ? Ce sera l'occasion de mettre les points sur les i. Demain avec plaisir, mais ce sera à midi. Ça vous convient ?

– À midi ? Bien sûr ; à demain.

Le lendemain, j'étais à la cafétéria à 11 h 55 pile, prête à accueillir mon gibier avec l'affection d'une véritable carnassière. Cette fois, je ne portais pas de chemiser, mais mon décolleté, sans être plongeant, mettait mes seins en valeur. Il m'en fit d'ailleurs compliment, avec un demi-sourire. Nous étions assis complètement au bout de la cafétéria, là où habituellement personne ne va. Sur ces entrefaites, mon groupe de parieuses fit irruption sans être invité. Ce fut comme un char d'assaut se jetant sur nous pour avoir la meilleure place à côté de l'homme d'espérance. Celui qui ignorait qu'il était en soi une finalité, celle du voyage en Italie. Je fis mine de rien, en levant légèrement les yeux vers elles. Je regardai mon soupirant, en lui faisant des yeux un signe comme quoi nous pourrions changer de place. Il n'eut pas l'air d'avoir compris ; et, comble de misère, la conversation tourna autour de consternantes banalités.

Devant ce demi-échec, je lui laissai deux ou trois jours pour avaler l'affront de mes collègues, et m'enquis de l'inviter à manger autre part. Je ne fis pas vraiment d'invitation formelle, mais je lui dis incidemment que j'aurais apprécié remettre ça.

– C'est moi, qui vous invite, fit-il avec élégance. Par contre, je ne suis pas libre avant dimanche. Et madame ?

– En principe, je travaille. Mais je vais m'arranger…

Je lui glissai mon numéro de téléphone dans la main avant de repartir. Durant les quelques jours d'attente, j'évitai de revoir le groupe, ce qui tourna plutôt à mon avantage, car certaines s'étaient mises à le harceler sans retenue, ce qu'il ne semblait guère apprécier. Cependant, je vins à remarquer que Fabienne, une des parieuses, ne se montrait plus. Et comme elle travaillait au même étage que lui, peut-être avait-il rendez-vous avec elle avant moi ? J'allai me renseigner. Il n'était pas de garde ce samedi. Fichtre ! Je passe en deuxième, pensai-je.

Samedi arriva. Il me fallait savoir si Fabienne était chez elle, et en sa compagnie. J'attendis que le ciel se parsème d'étoiles, et me rendis dans son quartier, où par précaution, je stationnai à une dizaine de maisons de la sienne. Arrivée à la porte, je tendis l'oreille. Il y avait bel et bien quelqu'un à l'intérieur. Je me sentis un peu idiote, de sonner comme ça un samedi soir sans prévenir. Je reculai donc devant cette alternative. Pourtant, il m'était impératif de constater qui était bien là. Je longeai le mur qui donnait sur la salle à manger ; et comme une espionne, je jetai un œil par la fenêtre, où les rideaux étaient ouverts. Même si je devais m'y attendre, le jeu faisant partie de cette soirée, j'en restai interloquée, car je reconnus aussitôt Joshua. Il ne perd pas son temps celui-là, me dis-je…

La fraîcheur de la nuit commençait à se répandre, mais je voulais rester un peu, ne serait-ce pour savoir jusqu'où était déjà engagée leur intimité. Je me glissai doucement derrière la maison, et m'accroupis dans un coin sombre où par chance, la porte-jardin me plaçait aux premières loges. La scène était à peine éclairée par quelques bougies ici et là. Ils ne prirent même pas le temps de se rendre à la chambre à coucher. Sur le comptoir de la cuisine, il installa Fabienne, lui fit écarter largement les cuisses en souriant, et à genoux, il enfonça la tête dans le pelage frisotté de son bas-ventre. Je compris alors la raison pour laquelle cette dernière n'ouvrait jamais les fenêtres. Ses vagissements et ses exclamations s'entendaient bien au-delà de l'endroit où je me tenais. À chaque coup de langue, elle criait, explosait littéralement, avec des miaulements de chatte en chaleur. Joshua en semblait même un peu décontenancé. Par instants, il interrompait ses succions, pour la considérer dans toute l'exaltation de sa jouissance. Puis il reprenait consciencieusement le cunilingue ;

jusqu'à ce qu'elle poussât un long cri d'exultation, au point culminant de l'orgasme. Il recula d'instinct, mais fut quand même aspergé par le giclement de son liquide. Je me tapis derrière une banquette pour voir la suite. Sans se départir pour autant de la raideur de son membre, il emmaillota en hâte celui-ci d'un préservatif, retourna Fabienne sur le ventre sans ménagement, étalée sur le comptoir, et la perça avec frénésie. Elle semblait y prendre un plaisir fou, à entendre ses vagissements. J'anticipais ma rencontre du lendemain, et me préparais mentalement à refuser ses avances. Rien qu'à le voir fouir ainsi entre ses fesses rebondies, cela m'enlevait toute envie. Mais au bout d'un moment, elle se dégagea, se retourna et le déshabilla comme s'ils étaient sur le point de prendre feu. Elle saisit à pleines mains le phallus épanoui tendu vers son cul, en retira la capote d'une main preste, et le goba presque entièrement, bourses comprises, comme si elle voulait littéralement lui manger le sexe. Joshua se tenait les mains sur les hanches et la tête renversée en arrière, en émettant par moments des halètements de plaisir, à peine audibles d'où je me tenais. Tantôt, il prenait sa tête entre ses mains et activait lui-même son sexe dans sa bouche, et tantôt elle remontait au gland, pour le rendre fou de jouissance. Mais à les regarder ensemble, je comprenais parfaitement qu'un tel jeu n'était que sexuel. C'était ma seule chance pour les jours à venir.

Le lendemain matin, vers les dix heures, je reçus un appel de Joshua. Il m'invitait à un brunch dans un hôtel du centre-ville. J'avais donc à peine deux heures pour me préparer. Avec ce dont j'avais été témoin la veille, stratégiquement, je ne devais surtout pas jouer les libertines, puisqu'il avait déjà tout ce qu'il lui fallait en la personne de Fabienne. Force était donc, par opposition, de jouer les femmes réservées. Ma toilette fut choisie dans cette optique. Lorsque la sonnette retentit, mon cœur sursauta. Pourquoi donc étais-je entrée dans une telle aventure ? Un bref instant, je me demandai même s'il n'était pas plus sage d'y renoncer. J'ouvris la porte sur un rayon de soleil, qui m'illumina un instant.

– Oh ! Quelle élégance ! Excusez-moi, je suis un peu en avance.

Je ne le fis pas entrer, car ce n'était ni convenable ni impératif. Il me conduisit à sa voiture, un vieux cabriolet Volkswagen impeccablement conservé. Les cheveux dans le vent durant le trajet, je me sentis soudain aussi gaie qu'une adolescente à son premier rendez-vous.

Ce fut un déjeuner euphorique. Mon appareil photo, que j'avais apporté pour lesdites preuves, fonctionnait sans arrêt. Du 29ᵉ étage de l'hôtel Delta, le restaurant Tour de ville offrait une vue spectaculaire : d'un côté le fleuve et le port, et de l'autre, le Mont-Royal. Nous conversions à bâtons rompus, alors que dans quatre semaines, mon supposé soupirant pourrait aussi bien ne devenir qu'un souvenir de plus. Les règlements de notre jeu stipulaient que la relation devait se terminer au bout de trois ou quatre semaines de fréquentation. Aurais-je à m'en attrister, ou à m'en réjouir ?

Au retour, nous nous arrêtâmes sur le bord du canal Lachine. Là, le dos appuyé à un arbre, il saisit mes lèvres déjà humides d'envie, prenant ma tête entre ses deux mains. J'éprouvai alors le désir de m'abandonner, mais le pari que je gardais en tête m'arrêtait. Je devais garder la tête froide, car il m'envoûtait déjà.

La suite me rendit perplexe, car il me dit qu'il cherchait une relation stable, et que ce lui semblait être moi. Mais connaissant désormais la teneur de sa relation avec Fabienne, je restais sur mon quant-à-moi. Devant nous, les rayons de soleil qui transperçaient les nuages investissaient le bleu pâle du ciel de mai.

Quand nous reprîmes la voiture, Joshua m'amena chez lui, au lieu de me reconduire chez moi.

– Un souper à la chandelle, ça te plairait ?

– Pourquoi pas ? Mais on peut aussi cultiver les fleurs, avant de les couper.

– Sarah, la vie est courte. Je vois la mort tous les jours, tu sais…

Il ne mit pas une heure à me convaincre. Je me laissai faire, puisque de toute façon j'en mourais d'envie.

Chez lui, il me conduisit à son spa situé dans sa chambre à coucher.

– C'est l'endroit où nous prendrons notre dessert.

– Et l'entrée, ce sera où ?

– Viens, je vais te montrer.

Il me prit par la main, tout droit vers la terrasse. Nous avons vite renoncé à nous y installer, car le ciel s'était couvert et annonçait l'orage. Il referma la porte derrière nous, m'installa confortablement sur le canapé du salon, et revint avec une bouteille de champagne et deux verres. Après maintes belles paroles, une entrée de petites quiches et la bouteille presque terminée, il se fit plus entreprenant. Il m'allongea sur le divan, vint s'installer au bout de mes pieds qu'il plaça directement entre ses jambes. À mon seul contact, sa verge bondit derrière sa braguette. Je mouvais mes orteils sournoisement, pour le porter à ébullition. Mais lui fit de même avec ses pieds, qui se mirent à enjôler mes hanches avec application, pour ensuite atteindre ma vulve, après s'être introduits sous les replis de ma jupe. Après quoi seulement, il m'embrassa ; à m'enflammer jusqu'au plus profond de mon ventre. Je finis par me retrouver dans ses bras, en direction du spa. L'escalier lui fut difficile à monter, car les rondeurs ne sont jamais légères, c'est vrai ; mais c'était probablement aussi ce qui rendait son érection si émouvante. Il m'y déposa, me déshabilla avec délicatesse. Je me relevai alors, sûre de ma beauté, et me mis à le caresser partout, du bout des doigts, une fois qu'il fut devant moi aussi totalement nu que moi. Il se tenait comme un peu embarrassé, sans sa blouse blanche et son stéthoscope, le phallus protubérant et les lèvres tremblantes. Je sentis alors, combien il pouvait devenir ma chose, par la seule puissance de sa grosse verge éperdument rivée vers moi, et qu'il ne contrôlait plus ; comme si celle-ci était devenue totalement mienne. Je possédais son sexe, je le possédais par le sexe ; je le tenais par les couilles. Nous restâmes debout dans l'émotion de ce premier corps à corps, mes seins gonflés de désirs collés à sa poitrine, son phallus frappant à mon ventre comme à une porte close.

Le spa ayant atteint la chaleur désirée, la demi-heure qu'on y passa m'amena dans un état de relaxation tel, que je ne voulais plus m'en extraire. Mais il s'employa patiemment à m'assécher à coups de langue, il nous enduisit l'un et l'autre d'huile aphrodisiaque, et nos deux corps réunis sur les draps blancs se mirent à glisser l'un sur l'autre dans une sorte de danse de la volupté. Tantôt ma main bien huilée saisissait ses parties génitales, faisant éclore le bonheur de ses sens, tantôt ses doigts passaient et repassaient sur l'œil de mes lèvres intimes. Ensuite, sous mes yeux révulsés de plaisir, Joshua effeuilla à pleine bouche les replis de ma vulve, avec la courtoisie lubrique d'un amant désireux de toucher le plaisir de sa muse avant le sien propre. Je le tenais fermement par ses fesses charnues et moelleuses, pour l'engloutir dans les abysses de mon corps, autant que de mon esprit. Je désirais le contenir en moi, comme un monde absorbé par un autre. Lorsque j'atteignis enfin les limites extrêmes avant l'irruption de l'orgasme, je me retirai brusquement de lui, et pris d'une main ferme possession de sa verge au bord de l'explosion, lui présentant mon postérieur, et en effectuant des va-et-vient dans mon vagin surexcité, tout en lui tenant les pieds. Cette position acrobatique, à tête renversée, nous porta exactement au même instant au paroxysme de la jouissance. Nos caresses finales, sur nos corps huileux, furent aussi voluptueuses que les toutes premières.

Durant le repas qui suivit une copulation si bienfaisante, il ne cessa de me dévorer des yeux. Mais moi, bien qu'encore ivre d'amour, je ne pouvais m'empêcher de revoir la scène de la veille avec Fabienne. J'avais gagné, c'était sûr.

À cause de nos horaires souvent différents, nos rencontres furent pourtant sporadiques. Et au fur et à mesure de nos rencontres, je ramassai les preuves. Où que nous allions, j'en conservais des photos-souvenirs. Entre la troisième et la quatrième semaine, j'eus enfin en main toutes les pièces à conviction qui m'étaient nécessaires. Mon dossier étant monté, j'invitai les filles à venir chez moi pour constater. Pas une seule d'entre elles n'avait réussi à s'en approcher, sauf Fabienne, qui le vit trois fois dans la même semaine, et ce fut tout. Ma conscience me parla très fort ce soir-là. Je leur avouai que même après seulement trois semaines de fréquentation, ma relation avec Joshua était devenue plus importante que prévu. Je leur demandai de ne surtout pas le mettre au courant de notre marché. En échange, j'allai jusqu'à leur laisser mon voyage en Italie. J'étais aussi confuse, car je ressentis brusquement dans les yeux de Fabienne la jalousie qu'elle en éprouvait. En fait, il n'avait jamais été convenu qu'il devait être mis au courant une fois l'affaire terminée, mais c'était bien ce qu'elle entendait faire. Son attitude m'horripila à tel point, que je finis par toutes les mettre à la porte. Le lendemain, je me rendis très tôt chez Joshua. C'était trop tard, il savait tout. Fabienne le lui avait appris depuis longtemps, une fois qu'elle eut compris que tout était joué. Il m'apprit calmement, d'une voix clinique, et sans même un sourire, qu'il n'éprouvait en réalité aucun sentiment pour moi. Il n'avait fait que feindre durant vingt-quatre longs jours, pour moi vingt-quatre jours de bonheur, juste le temps de notre amour pour rire, pour rien. Il m'avait donc grugée, et enculée sous tous les angles par-dessus le marché. De quoi mettre à bas tout mon égo de séductrice de commande.

Dès lors, je cessai toute amitié avec les femmes.

Le Temps et l'imaginaire

Ce soir, le temps me semble long. Devant mon téléviseur, je zappe d'un doigt alangui. Par instants, je m'arrête quelques minutes et attends qu'il se passe quelque chose, peine perdue, rien qui vaille. Des images, auxquelles je n'accorde aucune pensée, se déroulent devant mes yeux. J'entends en sourdine des sons qui s'échappent de mon téléviseur, tout en fixant la fenêtre et la jalousie, laissées grandes ouvertes en cette douceur de fin d'été. J'attrape mon verre sur la table, et m'abreuve d'eau limpide et calmante. Et je suis là à scruter le néant. Tout est vide autour de moi, vide de sens, de cœur. Il me semble que tout s'est appesanti, tandis que moi, je flotte en suspens dans l'air ambiant.

La sonnerie de mon téléphone me décroche du néant dans lequel j'étais plongée. Roberto, mon cousin. Il est en amour, aime une femme qui ne peut lui offrir ni son corps ni son cœur, parce qu'ils appartiennent encore à l'autre dans son esprit. Il en souffre, et je sais qu'il n'aura d'yeux que pour elle dorénavant, qu'il s'engouffrera dans un imaginaire amoureux parce que parfois, l'amour invite à l'impossible. Et il lui parlera en rêve. Il la mangera, la boira, mais jamais à satiété. Ah, l'amour… ! qui fait renaître et mourir.

Roberto, d'une voix pleine d'expectatives, me raconte donc ses désirs, sa passion, depuis ce jour où il l'a vue jouer du violoncelle à l'occasion d'un concert organisé dans une maison privée de la rue Saint-Joseph… « Ses doigts agiles valsaient sur les cordes et l'archet qui parfois tanguait en donnant le rythme d'une sonate... Ce qu'elle était belle ! J'en avais le souffle coupé ! » me répétait-il. J'envie son bonheur, et aussi son malheur. Je me dis qu'il a au moins quelqu'un à qui penser…

Je retourne à mon néant, à mon air ambiant. Je ferme les yeux, et rêve d'un amant qui me ferait l'amour nuit et jour. Je le vois allant vers moi, les cheveux en bataille, chemise noire à col mao entrouverte sur une toison épaisse sur laquelle je pose ma tête et mes baisers. Pendant que je glisse ma joue sur sa poitrine, il me caresse les cheveux puis les empoigne avec passion, et je salive quand il approche ma bouche de la sienne. Face à face dans notre nudité bienheureuse, son souffle et ses mains me sculptent, font de moi une esclave consentante à l'amour et à la volupté. Ma langue assoiffée humecte sa verge gonflée, mordille et aspire ses boules sombres et âcres, ce qui lui fait prendre son phallus à deux mains, pour le pousser dans mes intimités profondes. Assise à même ses testicules affolés, je danse sur lui avec mon cul, et le mets en flammes, à ma merci. Il enfonce sa verge en moi comme un butor, sous tous les angles, cogne à la porte de ma jouissance et de ma souffrance émerveillées. Volupté, ô, volupté… ! Que me veux-tu ?

Soudain, je suis tirée de mon néant par des aboiements. Mais où suis-je ? Plongée dans un demi-sommeil, je rouvre les yeux, mon chien est là devant moi, grognant, la laisse dans la gueule pour sa promenade de fin de journée. Le temps est passé trop vite. Au point d'en oublier mon chien. Je sors accompagnée en me laissant tirer par la laisse, traverse la rue pour me rendre à ma case postale et là, je rencontre un autre promeneur de chien. Il en a trois ou quatre. Musclé, grand et fort, chemise noire à col mao, exactement comme mon fantasme, et j'en suis bouleversée… Car mon promeneur ressemble étonnement à celui dont je viens de rêver. Brutus s'approche et des chiens et du maître, en branlant la queue.

Tout en ouvrant ma case postale pour constater que je n'ai pas de courrier, je continue de regarder mon promeneur qui passe à deux pas de moi, après avoir séparé toutes ses laisses entremêlées. Dans la pénombre, je le fixe. Je m'apprête à l'aborder en commençant par un petit bonsoir. Mais lui me tourne le dos sans avoir l'air de m'avoir remarquée, et repart avec ses chiens.

Je reviens chez moi à tout petits pas. J'avais laissé le téléviseur allumé. Et je me rassieds, résignée, sur le sofa : alors, qu'y a-t-il d'intéressant à voir ?

Curieux Hasard

Maëlle, une enseignante d'un collège privé de bonne réputation, avait agrandi son cercle d'amies, et fréquentait depuis peu deux femmes d'une quarantaine d'années rencontrées dans un pub du centre-ville. Avec elles, les sorties mondaines s'entremêlaient de rencontres et d'activités de toutes sortes, allant du club de tennis à des rencontres de groupe chez un psychologue renommé. Une fois par semaine, les trois comparses : Carole-Anne, planificateur financier ; Malory, économiste ; et Maëlle, faisaient la tournée des bars, toutes trois à la recherche d'un Dominus Mentula. Cependant, ce soir-là, la tempête faisant rage au-dehors, elles se rendirent au spa de l'hôtel Marriott du centre-ville, où Carole-Anne connaissait intimement le directeur de l'hôtel, et bénéficiait de certains privilèges.

Les clients étant peu nombreux en cette mi-novembre, Carole-Anne obtint donc l'autorisation d'utiliser le spa pour elles toutes seules, et s'enquit d'un service de bar à volonté. Le repos total, donc, pour le trio de demoiselles qui, autour de leurs continuelles causeries sur le cours de ce monde, les choses de la vie, en étaient venues à rêver de changer complètement les hommes, pour en faire des êtres à la merci des femmes. Leur théorie était simple : un homme se devait par nature d'être servile et attaché, soit à une femme en particulier, soit à un groupe de femmes. Selon elles, le but unique des mâles devait consister non seulement à procurer du plaisir à leurs compagnes, mais aussi à s'occuper des charges de la maison et des enfants. L'inversion des rôles traditionnels par A plus B. « Qui a dit que l'homme n'avait aucune capacité à changer les meubles de place et à nettoyer, à faire la cuisine et à recevoir des invités, à cultiver le potager, à tondre le gazon, à peindre la clôture et à bichonner les enfants ? » disait Malory. « L'homme est fait pour utiliser les protubérances de son tronc, la femme sa matière grise, c'est évident ! » renchérissait Maëlle avec ravissement. Ces trois muses de la condition masculine, les yeux embués de larmes, s'exclamèrent en chœur en levant leur verre : « À notre Mentula ! » Car c'était manifestement elles, les nouvelles mousquetaires de ce nouvel ordre du monde. Et des sexes.

Euphoriques, elles fermèrent les yeux et le silence se fit, dans l'humidité clapotante du spa. Malory lança tout à coup : « Dites, les filles ! Qui a déjà eu des expériences de baise carrément déjantée avec un total inconnu ? – Je vais vous en raconter une… ! »

Ça s'est passé à Ste-Foy, Hôtel le Gouverneur. Ça doit bien faire plus de dix ans de ça. J'assistais à une conférence qui se déroulait sur deux jours, et étais arrivée en avance, histoire de m'accorder un peu de bon temps en visitant la vieille Capitale. Le jeudi soir, je me suis retrouvée au bar de l'hôtel, pour une agréable soirée avec un homme dont j'ai oublié le nom. Un grand mince d'assez belle apparence, toujours en train de badiner sur tout et sur rien, qui avait l'air de tout savoir sans un brin de modestie. Avant de me quitter, vers les 11 h, il me demanda si j'étais libre de partager ma soirée avec lui le lendemain soir. J'acceptai bien sûr, n'ayant rien d'autre à me mettre sous la dent.

Le lendemain, après avoir mangé dans un restaurant sans envergure, le badin voulut me conduire à sa chambre soi-disant pour me montrer un livre qu'il venait d'acheter. Alors, nous sommes montés, et aussitôt arrivés, il me demanda si je voulais bien passer la nuit avec lui. Je n'avais pas douté une seule seconde que j'allais baiser avec lui le soir même, mais je ne m'attendais pas à une invite aussi directe. Je me pris à le regarder droit dans les yeux, et lui répondis : « T'avais pas un livre à me montrer, toi ? » Il dit, sans se démonter pour autant : « Oui, mais le livre, on le garde pour la fin. Tu permets qu'on regarde un film d'abord ? » « Pourquoi pas ? » J'ôtai mes chaussures, et m'installai confortablement sur le grand lit. Il introduisit un film dans la vidéocassette, et vint me rejoindre de l'autre côté du lit. Si je m'attendais à ça ! Un film XXX des plus scabreux. Vous allez me trouver un peu bizarre, les filles, et surtout bien naïve. Mais je n'en avais encore jamais vu.

– Ça t'arrive souvent, lui dis-je, d'inviter une fille à visionner du porno ?

– Souvent ? Non, pas vraiment. Mais je préfère regarder la télé en duo.

– Tu crois vraiment que ça va me faire de l'effet ?

– Tu paries ?

– Dis-moi franchement. C'est parce que tu ne peux pas toujours, ou c'est caprice d'homme pour savourer une femme ?

– Tu répondras par toi-même quand nous aurons fini. Quand tu es prête, fais-moi signe.

Quel prétentieux ! me dis-je. Je lui souris quand même, convaincue que je n'allais pas ramper à ses pieds pour qu'il me fasse monter au 7e ciel.

Les yeux rivés à l'écran, je commençai donc à visionner le film. Dans ce qu'on peut comprendre des films érotiques, les personnages sont peu nombreux, et la plupart du temps déshabillés. Dans ce film-là, ça se passait dans un salon, où quatre beaux jeunes hommes tentaient de faire jouir une jeune femme vautrée dans un hamac. Cela dura entre cinq à dix minutes, chacun la pénétra avec application, durant que les autres la caressaient partout pour qu'elle atteigne l'orgasme, but ultime et avoué de toute l'opération. Le film n'en était qu'à ses débuts, et déjà, mon entre-jambes me démangeait, au point de mouiller mon slip. Cependant, je ne voulais pas entamer la première les choses sérieuses, et me mis à parler sans arrêt, pour cesser de penser à ça. Mais brusquement, il mit sa main sur ma cuisse, et la glissa sur ma jarretelle, qu'il défit en un tournemain. La chaleur de ses doigts me mettait le sang à fleur de peau. Je ne savais plus très bien s'il me fallait continuer à regarder l'écran, ou à suivre les cheminements de ses mains. Il s'attarda encore un moment sur l'autre jambe, puis commença à rouler mes bas minutieusement, jusqu'à ce qu'il n'en restât plus que deux rouleaux noirs entre ses mains. Il les posa d'un air nonchalant sur la table basse qui se trouvait devant nous. Mais comme si de rien n'était, il continua à me caresser les jambes tout en regardant le film. Cette fois, cela se passait dans une chambre à coucher. La femme plantureuse avait les jambes écartées, et l'homme lui enfonçait deux doigts dans le vagin. Il entreprit de me faire la même chose. Je dois dire que de voir et sentir simultanément donne doublement des sensations. Il ne prit même pas le temps de caresser ma vulve, introduisit ses deux doigts dans ma fente. Leurs va-et-vient produisaient un flic flac qui me rendait mal à l'aise. Je bougeai un peu mon bassin, pour étouffer ce bruit, mais il prit ça pour un « j'en veux encore », et y glissa un troisième doigt : « Regarde comme c'est bon, regarde comme c'est beau », me dit-il. Plus je regardais l'écran, plus il me masturbait, et plus le désir me prenait de me faire pénétrer par en avant, par en arrière, et sous toutes les coutures. Mais il me garda encore ainsi frémissante, les cuisses inondées de mon propre liquide. Il éteignit les lumières une à une, se déshabilla posément, et ensuite me demanda d'en faire autant. Je me retrouvai complètement nue, les seins frétillants, cuisses humides et vulve béante. Il m'étendit sur le lit, flatta mes mamelons du bout des doigts, puis, plaçant son bassin au-dessus de ma tête en m'enjambant entre ses genoux pliés, il me présenta sa saillie. Ensuite, s'étalant sur moi de tout son long, il pratiqua entre mes cuisses largement écartées, un exaltant cunnilingus, durant que je poursuivais moi-même la dégustation de sa superbe queue. Il devait connaître son film sur le bout des doigts, car il reproduisait à l'identique les gestes des acteurs. Il répétait tout en baisant : « Regarde comme c'est bon… Regarde… ! » Il visait sans doute à me faire jouir comme jamais. Sa bouche, ses mains, me faisaient vibrer comme une lyre ; avec tant d'adresse, d'acharnement, qu'ils me hissèrent sans que j'y puisse rien faire, dans les délices de la jouissance extrême. Et j'en tremblais d'extase. Après quoi, il me laissa reprendre mon souffle un moment, puis empoigna un oreiller, qu'il plaça sur le bord du lit, et m'y fit agenouiller. Il était juste à ma hauteur pour pénétrer mon arrière-train largement ouvert, toutes fesses rebondies dans l'attente de sa verge. C'était exactement à ce même moment, que l'acteur sur l'écran plantait lentement sa verge dans la fissure d'une croupe charnue. Il resta ainsi longtemps à secouer mes profondeurs. Il me semblait nager en moi comme un simple spermatozoïde, et je nageais de plaisir. Ahhhhhhhhhh ! ! ! ! ! ! Cri du fond du corps. Ensuite, ce fut debout ; lui les jambes pliées, moi la vulve embouchée sur son phallus qui martelait mes abysses. Il finit par cracher de son membre un long flot de sève, que je sentis aussitôt couler le long de mes cuisses. Ciel, que ce fut délectable!

Mais plus tard, dans nos conversations téléphoniques, ses invitations étaient sporadiques, sans lieux précis et jamais certaines. Je n'insistai pas davantage, et ne le revis plus. »

« Je suis entièrement d'accord avec toi. J'aurais sûrement fait la même chose, intervint Carol-Anne. En outre, c'était sûrement un homme marié. On retrouve notre solitude bien assez vite, allez ! »

Et sur ce, elle quitta le spa pour gagner le sauna.

Malory et Maëlle restèrent un moment entre elles, les yeux clos, flottant dans des rêves vagues.

– Dis-moi, comment était-il habillé ton homme marié ?

– Sport, dans le très ordinaire. Pas très habillé, finalement.

– Est-ce qu'il fumait ?

– Oui. Il fumait, mais légèrement.

– Tu te rappelles la marque de ses cigarettes ?

– Player's, je crois. À ce moment-là, je fumais aussi. Mais pourquoi toutes ces questions ?

– Oh… ! Par curiosité…

Un silence, puis la même reprit :

– Tu es certaine… que tu ne te rappelles vraiment pas son nom ?

– Je me rappelle seulement qu'il avait un nom composé.

– Et si on faisait une liste ?… Ça te reviendrait ?

– Vraiment, je ne vois pas pourquoi…

Obstinée Maëlle commença à énumérer tous les noms composés qui lui passaient par la tête ; et Mallory, par jeu, surenchérit : Jean-Claude, Jean-Michel, Jean-Pierre, Louis-Pierre, Marc-André, René-Daniel, Pierre-Marc, Jean-Victor…

– Attends… ! lança-t-elle tout à coup. René-Daniel, c'est ça ! Oui. René-Daniel ! Maëlle, prise d'une rage intérieure, sentit soudain des larmes qui lui piquaient les yeux à l'improviste. Mais elle s'efforça de dissimuler son trouble en s'aspergeant la figure. Puis rouvrit les yeux sur 15 ans de sa vie qu'elle eût voulu éradiqués de sa mémoire.

– Alors…, tu le connais, n'est-ce pas ? Elle porta un doigt à sa joue, pour éluder une nouvelle larme.

– C'est vrai, je le connaissais… C'était mon mari.

Beauté, luxe et volupté

C'était l'hiver. Je venais tout juste de me trouver un travail de représentante dans une compagnie pharmaceutique, et j'avais tout le secteur de Gatineau à desservir. Étant donné que je n'avais pas d'expérience dans le domaine de la vente, je me trouvais bien chanceuse d'avoir déniché cet emploi relativement rémunérateur. De plus, c'était un coin de pays agréable à vivre. Je pouvais à loisir visiter les musées d'Ottawa, ou m'adonner à mes sports préférés un peu partout sur le territoire. Pour moi, c'était l'emploi de rêve.

Peu de temps après mon arrivée, n'ayant pris aucun rendez-vous pour l'après-midi, je décidai d'aller patiner sur le canal Rideau. La journée était radieuse, ensoleillée. J'endossai une petite laine sous mon manteau, posai un chapeau sur ma tête et enfilai de vieilles mitaines par-dessus mes gants. J'ai toujours eu les mains fragiles. Je n'avais pas patiné depuis des lunes, mais n'avais rien perdu de mes prouesses anciennes. Presque seule sur le canal, je m'amusais à retrouver les mouvements de mon enfance, et je m'en donnais à cœur joie sur la glace, tout en admirant le paysage autour de moi.

J'avais bien parcouru quatre kilomètres, lorsque je fis la rencontre d'un homme d'humeur joyeuse, et fort séduisant. Habillé d'un paletot noir et d'un casque de fourrure un peu à la cosaque, il patinait à fière allure. Tout comme moi, on ne peut pas dire qu'il avait le physique de l'exercice. Nos regards se sont croisés, puis au même moment, nous nous sommes retournés, et avons patiné à reculons en nous fixant droit dans les yeux. Quel synchronisme ! On aurait juré que tout avait été prévu d'avance, comme dans un film. Puis nous nous sommes arrêtés, et tout souriant, il est venu vers moi tout simplement. Et moi, je suis allée vers lui en lui rendant son sourire. J'aime les beaux hommes. Il m'offrit galamment un bras, puis nous nous sommes mis tous les deux à patiner bras dessus bras dessous. De temps à autre, tout en me tenant la main, il s'éloignait légèrement de moi, puis il se rapprochait d'un coup sec et me serrait la taille comme pour découvrir ce qu'il y avait sous le manteau. Moi, je languissais d'impatience. Je me laissai guider par les mouvements alternants des lames sur la glace, tout en ressentant des ondes extatiques qui passaient entre nous à travers nos manteaux de drap ! Comme un roulis berceur qui endort, j'écoutais ses paroles s'envoler comme neige, dans la brise d'un amour naissant. Rares sont les gens qui prennent le temps de vivre. Sa compagnie me réjouissait. Il était drôle à souhait. Je savais qu'avec lui je profiterais de la vie advenant qu'il ait du temps à partager avec moi. Mes mains commençant à se plaindre, je lui proposai de nous arrêter pour aller prendre un café quelque part. Il acquiesça bien sûr, mais à condition de m'amener ensuite au Musée.

En entrant dans un bar-restaurant de la rue York, il retira mon manteau, puis le sien, avec la désinvolture altière d'un véritable gentleman. J'aimais le regard séduisant qu'il posait sur mon corps. Assis l'un à côté de l'autre, il prit aussitôt un malin plaisir à me réchauffer les mains, en les frottant dans les siennes, puis dirigea ses jambes vers moi, reprit mes mains, vint les placer entre ses cuisses en disant : « Voilà ! Maintenant, elles sont au chaud ! » Je lui souris, mais voulus retirer mes mains. Il les reprit aussitôt : « Reste, j'aime… » J'abandonnai donc mes mains entre ses cuisses, au contact de sa chaleur, de la fermeté de ses muscles, à deux doigts de son sexe. Il ferma les yeux, et me dit : « J'aime la douceur de tes mains, Isabelle. » Il rouvrit les yeux, et m'invita à passer la soirée avec lui.

Je m'y rendis le cœur battant sur les 18 h. Sa maison était somptueuse à mourir d'envie. Les boiseries qui décoraient les murs très hauts jouxtaient des marbres ocre. Chez lui, tout n'était que beauté, luxe et volupté. J'entendais Ferré me chanter ces paroles. Je fis le tour de toutes les pièces sur les deux étages, pour choisir la chambre qui me plairait le mieux. Ce ne fut pas la sienne, il en parut déçu. Car sachant que j'habitais temporairement chez une vieille dame, il m'avait proposé de prendre une chambre chez lui. Comment aurais-je pu refuser ? Moi qui aime tant le luxe. D'ailleurs, avoir un homme à portée de main ne pouvait que contribuer à mon équilibre libidinal. Aussi, je me fis cajoleuse dès l'apéritif. À la cuisine, je l'aidai derechef à se détendre, en lui passant d'abord une main dans le dos, puis bien plus bas, et en le regardant d'un air tendre. J'enlevai mon boléro, lui laissant voir mon décolleté plongeant. Il comprit vite le festin que lui promettaient ses yeux. Il termina très vite sa salade, se retourna vers moi pour me donner à goûter ce mélange de fruits, d'alcool et de salive que je désirais tant. Il me monta ensuite sur l'îlot central, et se mit à pétrir mes seins longuement, léchant mes rondeurs d'une bouche assoiffée. Mais au moment même où je voulus effleurer sa virilité tendue sous l'étoffe, il me retint la main. « Pas tout de suite, murmura-t-il au creux de mon oreille. Nous n'en sommes qu'à l'entrée, voyons ! » Ce qui me fit revenir à moi. Malgré l'envie folle que j'avais de son sexe.

Je me rendis dans l'immense verrière, où le vin blanc refroidissait déjà dans un seau à glace. Je m'assis pour admirer la cheminée, dont le foyer au gaz répandait une vive chaleur qui donnait déjà envie de se dévêtir. Il me rejoignit, avec une assiette remplie de petites bouchées délicieuses, qu'il s'amusait à me tendre du bout des doigts, et que je prenais un temps fou à engloutir ; en lui léchant les mains jusqu'à la paume. Ce petit jeu, mêlé au vin fruité, nous rendait euphoriques. Mon corps tout entier vibrait, m'annonçait une myriade de douceurs gustatives et sensuelles ; jouissances sans retenue.

Le seau à glace fut vite remplacé par le décanteur en cristal et le bœuf bourguignon se retrouva dans un plat de service orné d'or. Ce qui ne le rendait pas meilleur à mes yeux, malgré mon penchant pour les objets luxueux. Mais seulement après que nos plats furent dégarnis, Peter vint puiser de la bouche la sauce qui lui manquait encore. Il commença par m'ouvrir les jambes, et plongea un doigt directement dans ma fente intime. Il manœuvrait si bien, que je fermai les yeux pour n'être que dans l'intensité de cette sensation-là. Ma vulve se contractait par à-coups, en grandes goulées de jouissances. Il s'agenouilla devant moi, s'agrippa à ma chaise pour être à bonne hauteur, et trempa un artistique pinceau en mon saucier d'Éros. Exercice d'esthète du phallus ; que seul un épicurien authentique peut effectuer avec assez d'endurance pour transporter sa partenaire dans de subtiles jouissances vaginales. Mais brusquement, il s'arrêta net, retint l'éjaculation qui poignait en lui, et se retira de mon jardin de plaisir. J'avais espéré que cela pût durer la nuit entière.

Cependant, cela m'avait de nouveau ouvert l'appétit : pour compenser la frustration, j'engloutis la mousse à la cerise, garnie d'une succulente crème fouettée à la vanille, qu'il m'amena dans des coupes japonaises octogonales dont chacune des facettes montrait un différent visage de la vie nipponne. Et tout comme un geisha mâle, il ôta ma robe avec cérémonie, et m'installa sur le récamier de velours avoisinant le foyer. Alors, il me servit gravement un cognac onctueux. Nos lichettes passèrent alors du cognac à la langue de l'autre, et bientôt prirent la voie du cul sec. Moi, j'exprimais mon plaisir par des soupirs, des râles, des hoquets de jouissance. Quand je m'étendis sur le ventre, il vint déposer son corps amoureux sur le mien, y glissa son sexe dur. J'ouvris à peine les jambes : il y entra éperdument. Ses coups de reins me mettaient des volcans en éruption. Après quoi, je me retrouvai à genoux, le corps à demi sur le récamier, sans que sa verge ne m'ait quittée d'un pouce. Il demeura fouissant en moi, en un combat de miel et de 7e ciel. Et pour finir, Peter m'allongea sur le récamier, me couvrit d'un drap, et disparut. Épuisée de bonheur et enfin assouvie, je me mis à flotter dans un demi-sommeil. Mais il revint peu après, me prit dans ses bras et me monta jusqu'à sa chambre. Ce fut ainsi que je perdis conscience : la tête appuyée sur son bras, le dos collé à son torse, et sa main sur mes seins.

Au petit matin, lorsque j'ouvris les yeux à nouveau, mon amant n'était plus à mes côtés. Une forte odeur de café et d'œufs frits me chatouillait les narines. Je m'étirai, m'attardant sur les détails du plafonnier en rosaces, d'où pendait un luminaire aux filaments d'or. Du fond de mon éveil nébuleux, il me parut splendide. Mais des pas dans l'escalier me sortirent de ma songerie.

– Mon amour… ! Tu viens déjeuner ?

– Déjà ?

Je courus à la douche, enfilai la robe de ratine qu'il avait préparée pour moi, et descendis aussitôt.

Il avait dressé la petite table de marbre blanc, quasiment collée à la verrière. Les restes de nos ébats de la veille n'y étaient plus. Seul, le foyer répandait encore une chaleur réconfortante. Aussi parcimonieux le matin que le soir, le jus d'orange était servi dans des coupes gracieuses, le déjeuner dans de la porcelaine de Limoges. Avant de commencer à manger, il vint déposer un baiser velouté dans mon cou, ce qui me fit frissonner ; puis glissa ses lèvres jusqu'à ma poitrine souvenante des relents d'hier.

Je m'assis face à la fenêtre, regardant les oiseaux, qui picoraient des pommettes que le vent n'avait pu déloger des branches. J'avais terriblement faim, mais me mis à manger avec une lenteur extrême. Chaque bouchée, je la dégustais ; tout comme la veille j'avais dégusté le sexe de mon nouvel amant. Peter se prit à jouer avec les morceaux de fromage qui restaient dans le plateau. Comme un adolescent, il les lançait en l'air, pour les rattraper dans sa bouche. Il riait tant, que tout à coup, il s'étouffa avec un morceau. Au début, cela me fit éclater de rire à mon tour. Mais lorsqu'il tourna son visage, je compris. Affolée, je voulus l'aider, en me plaçant derrière lui, les mains sur sa poitrine, en le poussant la face contre le mur. Je glissai même mes doigts dans sa gorge ; mais rien n'y fit. Alors, je sortis de la maison précipitamment, et me mis à courir, à sonner à toutes les portes pour appeler au secours. Quand je finis par enfin trouver quelqu'un, il était déjà trop tard. Il était par terre. Mort.

....

Parfois aujourd'hui, j'y repense encore. Il y a si peu de temps, de l'amour à la mort ; et entre amour et mort, l'appétit ne me vient plus.

Le Garagiste

Je quittai Magog avec mélancolie. Je venais de laisser derrière moi des amis intimes, qui s'apprêtaient à s'expatrier pour une période indéterminée. Si bien que malgré moi, les yeux me brûlaient un peu en conduisant. Dans ces moments de vague à l'âme, fort heureusement il me reste Olga ; ma seule amie fidèle, mon âme-sœur d'acier trempé. Grâce au ciel, elle était toujours là ; je la tenais bien en main. Mais j'aurais dû malgré tout me ressaisir, car la chaussée était particulièrement glissante ce jour-là, et la neige s'amoncelait toujours plus épaisse devant mes roues. La visibilité réduite, mon désarroi, le destin peut-être ; le tout mis bout à bout explique sans doute cela. Je fus heurtée sur le côté par un chauffard, dont on ne retrouva d'ailleurs jamais la trace. Sa voiture zigzaguait dans la neige comme titube un homme ivre mort. À peine eus-je le temps de le voir, qu'il me percuta. Je dérapai à m'en décrocher le cœur, et avant d'avoir eu le temps de dire « ouf ! », je me retrouvai dans le fossé. Par chance, un automobiliste qui avait vu la scène s'arrêta aussitôt sur l'accotement, et vint me porter secours. Je me regardai dans le rétroviseur, incrédule. Plus de rouge à lèvres digne de ce nom, certes, mais j'étais tout de même entière. Je dis par conséquent à celui qui était accouru que mis à part quelques contusions, je n'avais rien de grave. Après avoir composé d'une main encore tremblante plusieurs numéros de téléphone sur le cellulaire de mon sauveteur, je parvins à obtenir quelqu'un pour s'occuper de moi. Cela me prit un temps fou, de retrouver dans mon sac mon carnet d'adresses. Mon amie

Ghislaine arriva en un temps record. Grâce à elle, je n'eus à m'occuper de rien. Je me refusai de passer à l'Urgences, comme on me le conseillait avec insistance, et finis par me retrouver dans ma chambre, assise dans mon lit, encore un peu groggy, et un verre de cognac à la main. Il faut bien, d'une manière ou d'une autre, se remettre de ses émotions.

Le lendemain, je me rendis compte que ma petite Olga n'était plus en faction devant ma porte. Sur le moment, mon cœur fit un bond ; puis je me souvins que Ghislaine s'était occupée de l'envoyer se faire réparer dans un garage. J'étais tellement préoccupée de savoir comment se portait ma fidèle amie mécanique, que je partis immédiatement pour le garage qu'elle m'indiqua. Je demandai à voir le mécanicien qui s'affairait à panser ses blessures, et on m'aiguilla vers la porte numéro deux. Mon Esculape du moteur à explosion avait la tête enfouie sous le capot. Je m'avançai vers lui pour lui parler, mais lorsqu'il vit ma paire de jambes ornées de bas résille, il releva la tête aussitôt. Et dès que nos regards se rencontrèrent, tout s'alluma. Démarrage turbo synchro. Nous restâmes cois, l'un devant l'autre, presque une éternité. Subitement, je ne savais plus du tout quoi lui dire ; et lui non plus j'imagine. Car il avait des yeux d'un bleu de mer à s'y noyer ; tout comme moi d'ailleurs. Un peu le Pacifique rencontrant l'Atlantique, si on veut. De stature imposante (presque deux mètres), bien bâti, il devait sans nul doute plaire à beaucoup de femmes. Je finis par lâcher : « C'est mon Olga, que vous avez entre les mains. Quand croyez-vous qu'elle sera prête ? C'est que j'en ai vraiment besoin, vous savez… » Il eut un sourire touchant de timidité, et m'assura que je pourrais l'avoir pour le prochain vendredi. Après un court échange au demeurant très formaliste, je le quittai sur cette assurance ; mais je ne pensais plus du tout à Olga, je l'avoue. Sur le chemin de retour, j'avais encore dans les yeux ce regard d'Atlantique. Je nous voyais partir ensemble triomphalement, enlacés dans la même voiture aux sièges de cuir, occupant le même appartement, partageant le même lit décoré d'une calandre d'un modèle des années soixante-dix. Je le désirais déjà comme une folle. Dès mon retour, je téléphonai à Ghislaine, et la mis au courant. Je ne lui ai jamais rien caché de mes fantasmes, et elle était sur ce plan aussi libre que je le suis moi-même. Il faut dire qu'en l'occurrence, elle était assez peu fière de moi. Je l'entends encore me dire : « Tu as toute la semaine pour te concocter une stratégie bien machiavélique, ma chérie ! Mais cette fois-ci, ne la joue plus timide, je t'en prie ! »

Il me restait donc deux jours. Durant lesquels je parcourus minutieusement ma garde-robe, pour savoir quelle serait la tenue la plus affriolante pour un somptueux dîner en tête à tête. J'échafaudais des dialogues d'une désolante banalité :

— … Monsieur, il me semble que nous avons tous les deux un certain attrait l'un pour l'autre. Est-ce que je me trompe ?

Ou encore :

— Monsieur, lorsque nos yeux se sont rencontrés, avez-vous ressenti la même chose que moi ?

Mais s'il me répondait par une question du genre « qu'avez-vous ressenti ? » que lui dirais-je ?

Le vendredi tant attendu arriva ensoleillé. Ma voiture était prête ; je me rendis en taxi au garage, bien déterminée à parvenir à mes fins. Il se trouvait au comptoir, et semblait n'attendre que moi. Peut-être, qui sait ? depuis que je l'avais quitté devant Olga ? Nos deux océans se rencontrèrent à nouveau ; mais à nouveau, il me fut impossible d'ouvrir la bouche comme je l'avais prévu. Il me coupait décidément tous mes moyens, cet homme ! Il me sortit la facture, me parla longuement des assurances, mais mon esprit était ailleurs. Probablement plongé encore trop profond au confluent de nos deux océans imaginaires. Je pris ma voiture sans y avoir rien compris, et repartis bredouille. Comme la maison me sembla sombre et froide, à mon retour ! Je m'assis sur mon fauteuil préféré, fermai les yeux sur ce lent vertige. Mais, sursaut de désespoir, je finis par empoigner mon téléphone, avec le trouble sentiment de risquer ma peau.

— Bonjour. Je suis la cliente qui vient de passer chez vous. Vous vous souvenez ? Oui. Je m'appelle Olga. Non, non ! Je veux dire… Olga, c'est ma voiture. Moi c'est Laura. Je… Je me demandais si… on pourrait prendre un café ce soir ? Après votre travail, bien entendu…

— J'allais justement vous téléphoner, fut sa réponse.

— Pas possible…

— J'ai votre facture sous les yeux. Il y a une erreur, je viens juste de m'en apercevoir.

— Une… erreur ? Quel genre d'erreur ?

— Hem !… Pour répondre à votre question, ce soir c'est impossible. Par contre, je vous invite demain soir. Ça vous irait ?

Dés qu'il eut raccroché, je courus jusqu'à ma chambre, enivrée d'allégresse. J'ouvris toute grande ma garde-robe, pour passer en revue mes fringues et autres accessoires au complet.

Quelle serait la tenue qui mettrait le mieux en valeur ma carrosserie ? Robe rouge cintrée style cabriolet ? Robe noire assortie à mes enjoliveurs ? Jupe longue et chemisier ouvrant sur un tableau de bord nickel ? Ou alors, que du velours : pour une approche sophistiquée et ergonomique ? Quand par hasard l'éternel féminin rencontre la mécanique, il y a toujours des sens dessus dessous qui pointent.

Mon garagiste arriva donc à dix-neuf heures exactement, comme convenu. Réglé comme une vis platinée, cet homme. — Mais avec un gros bouquet de fleurs quand même, et un veston de ville qui comprimait ses épaules. Je lui proposai de prendre un verre avant de démarrer, ce qu'il accepta sans le moindre clignotant. Nous nous installâmes confortablement sur la banquette, tout sourire dehors, mais aussi troublés l'un que l'autre.

— Si on visitait ta chambre avant le restaurant ? proposa-t-il à la troisième gorgée d'alcool.

— Excellente idée, répliquai-je. On se

ravitaillera plus tard en carburant.

Aussitôt dit, je le pris par le manche, et il n'eut plus qu'à se laisser conduire par mon antenne. Nos moteurs se rodèrent chemin faisant ; jusqu'à se laisser aller à nous départir de nos accessoires et autres options, que nous larguâmes par-dessus bord sur les bas-côtés. Une fois déshabillés, avec une force hummerienne, il me prit par la culasse et me monta l'avant-train devant son pare-brise, plaçant mes tuyaux d'échappement sur chacune de ses épaules, de manière à assécher leurs entrées de vidange. Tantôt je me tenais par le cadre de la porte, et tantôt par son pare-brise. Le professionnalisme de mon conducteur me fit passer outre toutes les vitesses de la bonne conduite, et à la volée. De quoi faire exploser le carburateur d'une formule un. Mais ensuite, une fois lancés, ce fut du velours de macadam ; l'échappement d'une autoroute sans plus aucune limitation de vitesse. Une fois mis sur cale, mes avertisseurs en action et mes amortisseurs à plein rendement, nos moteurs vrombissaient.

Il embrayait sa barre d'accouplement d'un mouvement saccadé, mettant à rude épreuve cardans et bobine. Moi-même, je ne savais plus où donner de la tête, ma direction étant sérieusement ébranlée. Au point (mort) d'avoir une peur bleue que ma boîte de vitesse n'implosât sur place ou ne se catalepsyse. De l'avant-train ou de l'arrière, il maintenait en étau mes ailes avant, de sa triple cylindrée. Fatalement, il fut bien contraint à un moment de rétrograder, pour activer in extremis son puissant tambour de frein. Je ne perdis pas le contrôle de la direction pour autant. Mais lorsque je me mis à lui pomper de l'essence pour le « booster », son moteur de service explosa littéralement de surrégime, et gicla sur la chaussée. Alors seulement, joints par-dessus culasse, toutes batteries à plat et à court de lubrifiant l'un et l'autre, nos voyants s'éteignirent sans crier gare, tous en même temps sur le tableau de bord ! Le nadir du gicleur, quoi.

Ce soir-là, épuisés mais ravis, nous profitâmes de la chaleur de la maison en mangeant le poulet que nous avions commandé. Nous nous sommes ainsi régalés, les yeux dans les yeux d'océans encore non portés sur les cartes. Cette polarisation seyant bien à nos deux caractères, la nuit fut radieuse et peuplée d'étincelles, de bougies tous les temps, indispensables pour une bonne tenue de route. L'essentiel de ce parcours fut par conséquent consacré aux gonflages-dégonflages, rééquilibrages, lubrifications, lustrages, vérifications de mes voies carrossables ; et j'en passe. Expériences dont seule une femme de mon acabit peut revenir pour ainsi dire chromée à neuf. Car telle était la facture de cette aphrodisiaque enjambée interocéanique.

Cela dit, une fois la nuit passée, je savais bien que ma petite Olga m'appellerait tôt ou tard vers d'autres autostrades. Je suis décidément une femme de terre à terre ; plutôt que d'océans, après tout.

— On se revoit quand ? me fit-il en

partant.

— On verra bien. À la prochaine révision, peut-être, répliquai-je un peu évasive. C'est toujours mon Olga, qui décide.

De la fenêtre, je répondis au signe de main qu'il me fit en entrant dans sa voiture, qu'il avait garée juste en face dans ma rue. Mais je ne pus m'empêcher de hausser les épaules en y repensant plus tard. Car à la réflexion, cela avait tout de même quelque chose d'assez consternant : encore un de ces obsédés du volant, qui confondent les femmes avec la mécanique.

L'Escorte

Cela faisait trois mois que Bernadette avait obtenu son diplôme, et elle n'avait toujours pas trouvé d'emploi d'assistante dentaire. Bien qu'elle ait pris plusieurs années avant de terminer son cours, elle ne s'attendait pas à ce que cela traîne en longueur pour obtenir un boulot. Avril avait montré le bout du nez. Elle se disait que le mieux pour elle serait d'attendre la nouvelle cohorte de dentistes, ce qui la mènerait au temps du muguet. En attendant, elle parcourait les petites annonces en quête d'un emploi à temps partiel.

69

Soudainement et sans réfléchir, elle s'arrêta sur « Escortes demandées ». Elle y pensa un moment, puis se décida à téléphoner. D'une voix monocorde, son interlocuteur lui posa quelques questions, et lui donna rendez-vous dans l'heure qui suivit, pour remplir son dossier. Finalement, un client avait besoin d'une jeune femme à l'allure classique pour l'accompagner à une quelconque réunion annuelle d'association dentaire. Bernadette, élancée et distinguée comme elle l'était, semblait toute désignée pour une telle soirée. Elle accepta sur le champ, avec l'arrière-pensée d'avoir peut-être là une occasion de trouver un emploi stable.

Elle se rendit donc en taxi chez son client. Il l'attendait déjà sur le perron de son immeuble huppé. Lorsqu'elle descendit de la voiture, il demeura stupéfait. Talons aiguilles, jambes de gazelle, corps fait au moule, tailleur classique et crinière rousse aux yeux azurés, elle avait l'air d'une vraie princesse. Lui, tandis que sa cigarette non allumée demeurait pendue à ses lèvres, bouche ouverte, briquet comme en suspend à la main, eut l'air éberlué. Son œil de mâle lubrique la radiographia d'un coup d'œil. Il ne put s'empêcher de la caresser du regard, depuis la courbe de ses seins jusqu'aux sombres profondeurs de ce sexe qu'il devinait à travers la robe, marqué par les rondeurs du bas-ventre et l'amplitude des hanches.

Mais les paroles de la belle dame le sortirent brusquement de son soudain fantasme.

– Pardonnez-moi, c'est bien ici le 5218 ?

– Êtes vous la dame de l'agence La méritez-vous ?

– Oui. Je m'appelle Bernadette. Vous êtes monsieur ?

– Adam. Je m'appelle Jules Adam.

– Dites-moi, avant que nous partions pour votre réunion : un tailleur, est-ce trop habillé ?

– Oh ! non ! Vous êtes parfaite. Dites-moi, ça fait longtemps que vous travaillez à cette agence ? Parce que vous, vous n'êtes pas comme les autres. D'abord, vous êtes très jolie ; et vous avez de la classe.

– Non. C'est la première fois. En fait, je suis à la recherche d'un poste d'assistante dentaire. Et comme il faut bien vivre en attendant, je prends ce qu'on m'offre.

– Eh bien ! Il y aura peut-être ce qu'il vous faut là où nous allons ?

Jules la conduisit à sa voiture, une vieille Mercedes qui aurait pu gagner plusieurs concours de beauté. Il la fit monter la première en lui ouvrant la portière, ce dont elle se sentit flattée.

– Où allons-nous ? demanda-t-elle.
– Au mont Ste-Anne.

En une heure de trajet à peine, Bernadette et Jules apprirent beaucoup l'un de l'autre. Lui, début quarantaine, représentait l'homme dont la carrière était bien établie. À peine âgée de vingt-cinq ans, Bernadette, elle, pouvait croire que la vie était devant elle. Mille et un emplois avaient servi, déjà, à payer ses études. À présent, elle se sentait prête à affronter n'importe quoi.

Après cinq ou dix minutes de conversation, Bernadette s'aperçut, au contact de Jules, que son corps se manifestait de différentes façons. Son cœur s'était mis à battre à contretemps : tantôt poussé par le vent, il vocalisait ; tantôt soufflé par la neige, il fredonnait. Tous ces exercices, dictés par la tourmente de son pivot intérieur, lui occasionnaient des bouffées de chaleur.

De son côté, Jules louchait vers sa passagère.

– Dites-moi, cela vous ennuierait, que je vous présente comme étant une amie ? Je veux dire… pas une Escorte…

– En fait, je… je ne m'attendais pas à ce que vous me présentiez autrement. D'autant plus que je suis à la recherche d'un emploi.

– Disons que je vous connais depuis peu, et que j'ai promis de m'occuper de vous. Ça vous va ?

– D'accord, ça ira !

Bernadette s'amusa toute la soirée à cette conférence plus ou moins informelle. Son sens de l'humour, sa taille de guêpe, firent qu'elle devint le clou de la soirée très rapidement. Jules était aux anges. Lui, si réservé d'habitude, était ostensiblement sous le charme. Et au moment même où l'un des admirateurs de Bernadette proposa à celle-ci un emploi, Jules intervint aussitôt, en annonçant qu'elle ferait bientôt partie de son équipe. Prise de cours, Bernadette annonça qu'elle était prête à accepter une offre en fonction du salaire qu'on lui offrirait. Elle proposa même sa propre vente aux enchères. Celui qui aurait la plus haute mise l'engagerait. Chacun des participants écrivit son chiffre sur papier. On plaça ensuite les papiers dans un chapeau, et l'on délibéra. Jules gagna haut la main. Bernadette aussi. Elle se retrouva avec un salaire d'assistante dentaire de deux ans d'expérience. Avant même d'avoir commencé à travailler. L'admiration que Jules avait pour Bernadette s'en trouva quintuplée. Comment en était-il arrivé, lui, discret qu'il était, à hausser la mise sans hésiter une seconde ? Bernadette lui donnait comme un regain de vie.

Elle vint s'asseoir près de lui, et avoua qu'elle craignait qu'il ait menti pour ne pas perdre la face. Il lui répondit par la négative, et ajouta qu'elle aurait un plein salaire, mais qu'elle ne serait engagée que deux jours par semaine au début.

La soirée s'acheva sans plus de péripéties. Le désir de Bernadette était réalisé. L'énergie qu'elle avait mise à se dénicher un emploi ainsi que le jeu qu'elle y avait joué toute la soirée l'avaient un peu dégoûtée d'elle-même. Elle voulut partir. Jules avait encore des choses à régler. Elle l'attendit donc dans le hall de l'hôtel. Assise dans un fauteuil confortable, elle regardait les gens qui passaient devant elle. Soudain, un jeune homme vint s'asseoir à ses côtés, et engagea la conversation.

– Vous êtes seule ?

– Non, pas tout à fait. Pourquoi ?

– J'ai été invité à un party, et je cherche quelqu'un pour m'accompagner.

– Je voudrais bien, mais j'attends mon patron. Si on peut y aller tous ensemble, ce serait bien. Quel genre de party est-ce ?

– Comme tous les partys, j'imagine. Danse et alcool. J'ai une adresse, et il faut arriver avant 11 h. Parce qu'après, la maison sera fermée.

Peu de temps après, Jules et Bernadette se rendirent à la fête. Bernadette voulait se changer les idées, et la danse lui ferait du bien, à ce qu'elle disait. Ils se retrouvèrent donc une vingtaine de personnes drôlement fagotées (autant mâles que femelles) dans une grande maison dans laquelle étaient installés au grand salon, une chaise de dentiste avec tout l'équipement, les lumières, des caméras et un système de télévision hyper sophistiqué comme si on allait tourner un film. Il faut dire que, lorsque Bernadette vit la chaise de dentiste, elle eut comme un pincement au cœur. Depuis le temps qu'elle attendait ce moment-là ! Elle alla s'asseoir sur le banc d'assistante, comme si elle était prête à assister son dentiste pour une obturation. Sachant que son heure approchait, elle était toute joyeuse.

– Hé ! La belle. Est-ce toi qu'on a engagé pour tourner la scène ? J'aimerais bien la faire avec toi.

– Non. Quelle scène ?

– Oh ! Je crois que j'ai fait une erreur.

Bernadette, inquiète, se dirigea vers Jules, et lui souffla à l'oreille ce qu'elle venait d'apprendre. Elle lui confia qu'elle avait un peu peur qu'on l'invite à... disons se jeter dans la gueule du loup. D'autant plus, qu'elle ne connaissait pas le scénario qu'on lui demanderait de jouer. Elle se retira du groupe, et tenta de retrouver le jeune homme qui l'avait invitée. Sa recherche fut sans succès, elle retourna vers son Jules.

– Ma chère Bernadette, je crois que nous sommes sur la scène d'un film porno. J'y vois toutes les composantes.

– Non, ce n'est pas vrai. Cet idiot-là, il aurait pu me le dire.

– Tu sors ou tu restes, toi ?

– Tu crois vraiment qu'on peut sortir d'ici ? J'ai plutôt l'impression qu'on est pris... ! Et bien pris !

Jules et Bernadette se dirigeaient vers la porte d'entrée, lorsqu'un portier les arrêta.

– Hé ! Vous n'allez pas sortir comme ça ! On a besoin de spectateurs… !

– D'abord une cigarette.

– Je vous conduis au fumoir. Tous les spectateurs sont déjà rendus. Venez, ça commence dans quinze minutes.

Dans le fumoir, surprise ! Une grande vitre donnait sur le salon, d'où on pouvait voir deux femmes en string et soutien-gorge, et deux hommes complètement nus. L'un des hommes jouait le rôle de dentiste, l'une des femmes le rôle de la patiente ; l'autre, celui de l'assistante dentaire. Quant au dernier homme, on ne savait pas.

Bernadette se demandait si le scénario était le même que dans certains films pornos que l'on passe à la télé, du genre « faux », et dans lesquels en réalité on ne voit rien. Elle eut très vite sa réponse, c'était du vrai.

Scène 1 : Comment ne plus avoir peur chez le dentiste ?

La patiente, qui s'appelle Julie, est couchée sur la chaise. Le dentiste Rivard lui fait ouvrir la bouche, il cible l'endroit où il va piquer. Il prend l'aiguille, et à ce moment-là, la patiente crie : « Non ! j'ai peur ! » Le deuxième homme, Karl, arrive, s'installe les jambes de chaque côté de la chaise, et lui frotte le pubis avec douceur et ténacité, jusqu'à ce qu'elle gémisse. Puis, il lui enlève sa culotte et lui lèche le clitoris. Le dentiste lui dit : « ouvrez ». Elle ouvre en même temps la bouche et les jambes. Là, le travail se fait, l'aiguille rentre dans la gencive ; et simultanément, les doigts de Karl rentrent dans le vagin de la patiente. Elle ne sait plus si elle a mal ou si ça lui fait du bien. Elle veut bouger, mais c'est impossible. Le dentiste Rivard doit repiquer dans la gencive, durant que les doigts de Karl manœuvrent toujours dans le vagin de Julie. Les soubresauts commencent, et on arrête tout jusqu'à ce que la gencive soit anesthésiée. L'assistante dentaire, Anne-Marie, intervient. Elle laisse les instruments de côté. Ça lui a ouvert l'appétit. Elle se déplace vers Julie, lui caresse les seins, et se caresse elle-même en se déhanchant devant Karl. On voit le sexe de ce dernier se mettre lentement en érection. Anne-Marie se place les genoux de chaque côté des jambes de Julie, droit devant elle, et Karl lui injecte son bistouri dans le canal par-derrière. Superbe intrusion ! Julie voudrait bien aussi recevoir un sexe dans sa bouche, mais comment faire avec la bouche gelée ? Le dentiste Rivard, lui, ne perd pas son temps. Il flatte les seins de Julie avec une telle adresse, qu'elle en jouit presque. On l'entend murmurer par instants : « Encore… ! Oh, encore… ! » Le docteur Rivard écarte avec calme Karl et Anne-Marie, ouvre posément les jambes de Julie, et engage à son tour une verge triomphante dans son ouverture. Il est difficile d'entendre les mots de Julie, mais disons qu'ils sont invitants. Durant ce temps, Anne-Marie ponctionne l'instrument de Karl allègrement.

Bernadette et Jules se regardent l'un l'autre avec des yeux interrogateurs.

– ... Tu ne trouves pas ça... un peu impersonnel, ce sexe à quatre ? Moi, je crois que je ne pourrais jamais faire ça sans rien ressentir... Et puis... chaise de dentiste, rien de plus froid. Côté ambiance, c'est plutôt nul !

– Je pourrais te dire que ça prend de l'expérience, pour y arriver. Je ne suis pas certain d'en avoir suffisamment, malgré que je sois plus vieux que toi. Moi, c'est une partenaire à la fois.

– En fait, je trouve ça excitant d'un côté... Mais de l'autre... C'est assez ignoble.

– Tu aurais le goût de baiser avec moi, Bernadette ?

– Vite comme ça, je ne sais pas quoi répondre. Faudrait voir. Pas ici, en tout cas. Il faut que ce soit romantique.

– Si je t'offre tout le romantisme dont tu as besoin..., tu acceptes ?

– On vient à peine de se rencontrer. Laisse-moi un peu de temps...

La scène 1 était finalement terminée, et nulle apparition de la scène 2. Les supposés voyeurs, qui avaient été installés dans le fumoir, furent invités à en sortir, et aussitôt dirigés vers un bureau adjacent, où chacun avait un formulaire préidentifié à remplir. Tout le monde était au courant. Seuls, Bernadette et Jules ignoraient encore. On leur apprit que le formulaire en question était destiné à une étude scientifique sur les comportements humains en situation inattendue. Un peu incrédules, ils se mirent à remplir à leur tour ce questionnaire puis se hâtèrent de retourner à la voiture.

– Et si on faisait l'amour maintenant, tout de suite, Bernadette ? ... Ça te plairait ?

– Et l'atmosphère, alors ?

– Atmosphère ! Atmosphère ! Alors, trois jours à Rome ! Ça te dirait, comme atmosphère ?

– Tiens ! Et si j'amenais aussi une amie ? Elle s'appelle Arletty.

Échanges de moments inoubliables

Nous étions trois amies de longue date, et tous les trois ans, nous avions l'habitude de passer une semaine ensemble dans un chalet que nous louions pour les besoins de la cause : conserver notre amitié. L'une d'elles demeurait à Vancouver, l'autre à Saskatoon et moi, sur la Rive-Nord de Montréal. À chacune de nos rencontres, nous échangions les moments les plus forts que nous avions vécus pendant ces dernières années où nous n'avions pas eu le temps ou presque, ni de nous parler ni de nous voir.

C'était mon tour de raconter. Et en regardant l'étendue du lac Memphrémagog, au bord duquel nous avions loué notre chalet, l'onde me plongeait dans l'état dans lequel je m'étais retrouvée deux ans auparavant. Un état d'infinie tristesse. Ce n'était pas facile à revivre, mais le temps allégeant les souvenirs et les souffrances, maintenant je pouvais en parler. Pour moi, cette histoire était terminée ; j'en avais fait la promesse.

Alors voilà. J'avais réussi à dénicher un emploi d'enseignante dans une école tout près de chez moi, et j'en étais ravie. Je pouvais continuer à m'occuper moi-même de mes filles, leur faire à diner, les reconduire à l'école, et les reprendre en fin de journée. Malgré toutes mes bonnes intentions, cela ne se passa aucunement comme je l'avais prévu. Vous n'avez pas idée de ce que j'ai vécu durant cette année scolaire. Une histoire d'amour des plus merveilleuses et des plus tristes à la fois.

Cela commença dès les premiers jours de la rentrée. Au moment où cet homme m'adressa la parole et où mes yeux rencontrèrent les siens, quelque chose se passa en moi ; et je dirais même en nous. Coup de foudre à en mourir. Inimaginable ! Une chimie symbiotique émergeait de nous. Il me semblait que l'état dans lequel nous étions pouvait se sentir à des lieux. Je sentais même des regards se poser sur nous. Ce jour-là, il me fit visiter un des dépôts où des tas de boîtes de livres et de photocopies étaient disposés les unes sur les autres. Il referma la porte derrière nous. Sans avoir besoin de nous dire quoi que ce soit, il prit ma bouche en otage. Nous nous sommes aspirés comme deux sangsues. Je n'avais jamais trompé Éric en 10 ans de vie commune, et au moment où je faisais l'amour, ça ne m'avait même pas effleuré l'esprit. Rapidement, ma culotte et son pantalon se sont retrouvés sur le sol, mes seins sortis de leur cachette de dentelles cherchant des mains pour se faire caresser et aimer. Nos mains vagabondaient sur nos corps à folle allure. Nos sexes se dévoraient tantôt debout, tantôt sur des boîtes, tantôt accroupis sur le sol. Nous avons baisé longuement, à nous émouvoir de tant de tendresses et de tant de voluptés. J'avais l'impression de ne pas être moi-même, un peu comme un écran que l'on a devant soi. Je regardais quelqu'un d'autre faire l'amour, et je trouvais l'image sensuelle. Puis je désirais qu'il y ait continuité. Malgré cela, cette première fois, je retournai chez moi l'esprit confus. Je vivais quelque chose d'intense et d'unique que je ne pouvais partager avec personne d'autre évidemment. Je tentai de ne laisser rien paraître, et pris soin de mes filles comme si rien n'était arrivé. Mais lorsque vint le soir, au lit avec le père de mes enfants, ce fut autre chose. Machinalement, nous avions l'habitude de faire l'amour tous les soirs, et je crois que ce jour-là fut le premier où je refusai catégoriquement, prétextant une journée éreintante.

La deuxième fois que nous fîmes l'amour, mon amant et moi, l'amorce se fit sous un bureau.

Je remplaçais un enseignant qui avait laissé un examen de mathématiques à faire passer aux élèves. Contrairement à toutes les autres classes, le bureau de l'enseignant était énorme, et situé au fond de la classe, dos aux élèves et un énorme paravent en cachait presque la moitié. Alors au moment où j'allai m'asseoir, je me rendis compte qu'il y avait quelqu'un sous le bureau. C'était lui. D'ailleurs, je me suis demandé comment il s'était pris pour tenir ainsi accroupi parce qu'il devait y être depuis un bon dix minutes lorsque je l'aperçus. Il sortit un peu de sa cachette, et resta dissimulé derrière le paravent. Il commença par me caresser les jambes, puis les cuisses, et en vint à l'entrecuisse. J'étais un peu mal à l'aise, mais cet état fut bref. Les élèves, trop affairés à réussir leur examen, me tournaient le dos. Forcément, les sensations prirent vite le dessus. Je sentais ses doigts glisser entre mes lèvres humides. J'avais chaud, je n'osais pas bouger ou presque. Je ne voulais surtout pas éveiller de soupçons, encore moins jouir. Je changeai de position en m'avançant sur ma chaise. Là, je pouvais profiter de ses doigts qui caressaient ma voie vaginale « encyprinée », ce qui me procurait de maintes douceurs jouissives: Je dois vous avouer que jamais une période de cinquante minutes ne m'a paru aussi longue. Je respirais à peine. Anxieuse que l'on me découvre, je tournais les pages du dictionnaire sans en lire le contenu. À la fin du cours, je demandai aux élèves de laisser leur examen sur leur pupitre. Lorsqu'il n'y eut plus personne, je fermai la porte et la lumière, et revint sur le fauteuil là où mon amant m'attendait pour me pénétrer fermement. Je dois avouer que j'étais prête pour de multiples jeux sexuels des plus grisants, et je m'y adonnai avec grande satisfaction. Quoi de plus excitant que de faire l'amour dans une classe, quand on sait que la porte peut s'ouvrir à tout moment, même s'il y a un écriteau « défense d'ouvrir » ! Vous ne pouvez pas savoir. Étendue, les jambes en l'air, je laissai glisser en moi son sexe dur, et je chuchotai : « encore… encore, va plus loin, plus fort... ! » Puis, il me retourna dos

à lui, et se remit à bouger en moi sans arrêt.
Je serais restée dans cette position animale
jusqu'à la tombée de la nuit, tellement son
sexe m'habitait. Délices euphorisants !

Au retour, cette fois, mes enfants étaient sortis
au restaurant avec leur père. Je me fis couler
un bain, fermai les yeux, et me mis à revivre
ces moments d'amour, qui m'amenèrent à
jouir de nouveau sans même me toucher.

La troisième fois, ce fut moi qui sautai sur
lui, ou presque. C'était un vendredi durant la
pause. J'appréhendais son absence sur mon
corps durant tout le week-end. Je l'entraînai
donc dans la toilette, et lui fit voir le 7e ciel
en un temps record. De la bouche, j'aspirai
son miel adroitement de son phallus. Il
gémissait de plaisir, et je devais actionner
la chasse d'eau à tout moment et laisser
le robinet ouvert, pour qu'on ne l'entende
pas. À la pause de l'après-midi, nous avons
alterné. Sa langue, touchant ma fleur et mon
bourgeon capteur de sens, en vint à me

faire voir des étoiles dans le firmament où j'étais juchée depuis que je l'avais rencontré. J'avais constamment le goût de lui en moi. D'ailleurs, ce premier week-end fut assez difficile, un rien m'irritait. Je disputais mes filles pour des pacotilles. Éric me persuada de passer mon dimanche au lit. À son avis, j'étais fatiguée et trop préoccupée par mon travail.

De retour au boulot, ce lundi ne fut pas comme les autres. Ce fut le début d'une grande aventure, mon amant me proposa qu'on se retrouve à l'hôtel une fois la semaine. Je trouvai l'idée géniale. Nous créer une intimité hors de l'école nous était essentiel. Ce jour-là, je me déclarai malade. Je rejoignis Olivier, mon amant, à l'hôtel où je restai tout l'après-midi à me laisser caresser, dorloter et à me laisser égarer de ma route dans ce libertinage qui donnait tout à coup un nouveau sens à ma vie.

Il m'attendait debout dans l'embrasure de

la porte 1028. J'avançai tranquillement vers lui et là, une explosion d'émotions exhalaient et circulaient comme en boomerang entre nous. Je lui sautai dans les bras, et il m'accueillit avec désir. Il verrouilla la porte, et me transporta sur le lit tout doucement. Nous avions amplement le temps de nous savourer. Alors, dans cette chambre, il me toucha différemment. Il prenait un vilain plaisir à émoustiller mes sens un à un. Il m'arrive encore parfois de fermer les yeux et de sentir ses mains sur mon corps, de l'entendre me dire : « je veux me fondre en toi » ; et de voir sa tête entre mes jambes ; de goûter son nectar ; de humer son parfum naturel. Ce jour-là, d'une infinie langueur, il me déshabilla et me fit ressentir tout le bien-être de deux mains qui explorent mon corps, ce que je ne vivais plus avec Éric depuis longtemps. De sa bouche, il me couvrit de mille et un baisers qui me firent frissonner tant et tant, que j'étais au comble de l'ivresse. Je m'amusai à presser fermement son sexe, et le massai adroitement pour que jaillisse son nectar, que je me surprenais toujours à déguster suavement, moi qui n'en avais jamais pris l'habitude. J'aimais l'entendre gémir et se plaindre doucereusement, lorsque nous faisions l'amour. Il entrait et sortait en moi comme un tout jeune homme. J'adorais sa façon de crier mon nom lorsqu'il jouissait : Maryyyyyse, Maryyyyse, Maryyyyse ! Cette aventure m'avait transformée en femme lubrique. Une demi-journée par semaine, je vivais dans la luxure ; et j'adorais cette nouvelle vie.

Après plus d'une douzaine de demi-journées prises ici et là, je faillis me faire prendre. Comme par enchantement, en sortant de l'hôtel, je vis dans le stationnement voisin la voiture d'Éric, mon conjoint. Était-ce un hasard, ou savait-il ? Je trouvais ça un peu risqué. Il n'avait pas besoin de savoir. Alors, nous cessâmes pour un moment nos escapades à l'hôtel. Je me mis à la recherche d'un autre moyen, que je trouvai bien rapidement. Au lieu de prendre la bière à la brasserie le vendredi en fin de journée, j'invitais mes collègues de travail chez moi. Comme Noël arrivait à grands pas, les occasions se multiplièrent à un rythme effréné. Éric me fit remarquer que je passais plus de temps à rigoler avec mes collègues de travail qu'avec ma famille. Il avait parfaitement raison.

J'invitais toujours de 8 à 12 personnes au moins. J'envoyais mes enfants chez papi et mamie, puis le tour était joué. Tout était permis quand les enfants n'y étaient pas. La bière, le vin et parfois la « mari », puis à n'en pas douter, la baise avec Olivier. Pour ce faire, j'avais une amie qui arrivait toujours avec mon amant avant tous les autres, pour m'aider à cuisiner. Durant qu'elle surveillait la porte d'entrée, Olivier et moi, nous nous adonnions au plaisir de la chair. Une fois, je me rappelle, c'était au début du mois de mai, et la journée avait été particulièrement chaude. Cela faisait au moins dix jours que nous ne nous étions pas touchés. Il s'était absenté toute une semaine pour accompagner et épauler son épouse, pour laquelle un cancer du sein avait été diagnostiqué, et qui devait commencer des traitements de chimio-thérapie. Ce que j'ignorais totalement à ce moment-là. Olivier n'était pas un homme à divulguer facilement ses inquiétudes, encore moins ses angoisses, passagères ou non. Ne sachant pas ce qu'il vivait, pour moi c'était l'urgence. Comme la fleur qui a besoin d'eau pour éclore, j'avais besoin de son sexe en moi pour vivre. Je l'entraînai donc dans ma chambre en le tirant par la main. Je l'embras-sai avec tendresse, puis il releva ma robe et s'introduisit dans mon vagin avec fougue et ardeur. Sans arrêt et rapidement comme un gamin, derrière la porte, il entrait et sor-tait en moi. Puis sur le lit matrimonial, ce que j'avais toujours refusé, il releva mes jambes et remit son sexe bien bandé dans mon antre, et s'activa sans s'arrêter. J'étais tout près de jouir, quand soudain, j'enten-dis Jacinthe qui disait : « Ton mari arrive, dépêche-toi. » Olivier voulait se dégager de moi, mais je le retenais avec effort, je voulais jouir à tout prix, et j'y arrivai. Il remonta son pantalon, et je ramassai ma culotte en vitesse. Puis, nous sommes vite sortis par la porte-jardin qu'Éric et moi venions de faire poser dans notre chambre pour avoir un accès direct sur le spa. On se retrouva dans le jardin, là où je fis semblant d'expliquer à Olivier les problèmes que nous avions eus avec la piscine. Rien n'y parut.

Vers la mi-mai, les choses se compliquèrent. Ma fille ne mangeait plus, et maigrissait à vue d'œil. Elle était pâle, et n'avait plus d'entrain. L'inquiétude me rongeait. Je l'amenai voir mon cousin Andy, qui est médecin. Il lui fit passer une batterie de tests, et finalement, elle se retrouva à l'hôpital pour enfants, où on lui diagnostiqua un cancer de la gorge. J'avais négligé ma petite, et les remords m'habitaient. Je ne voulais pas la perdre. Je priai l'univers entier de la guérir.

Le lendemain, je téléphonai à mon directeur, et demandai un congé sans solde jusqu'à la fin de l'année scolaire, le temps de soigner ma fille. On me trouva une suppléante rapidement, et je dus me rendre à l'école pour expliquer ma planification jusqu'aux examens de juin. Avant de sortir de la salle des enseignants, je laissai à Olivier un bref message annonçant mon absence. J'aurais voulu le lui dire de vive voix, pour sentir ses bras réconfortants autour de moi. J'étais bouleversée. Puis, en sortant de l'école, je le croisai. Voyant mon air déconfit, il me suivit jusqu'à ma voiture. Je lui expliquai en détail ce que ma fille et moi vivions ces dernières vingt-quatre heures, et c'est là qu'il me confia être en train de vivre exactement la même chose avec son épouse qu'il aimait bien, malgré nos échanges voluptueux.

Nous savions pertinemment qu'il fallait cesser de nous voir, de nous aimer. À l'avenir, nous devions nous concentrer sur ce que nous avions de plus précieux : l'amour de nos proches. Nous nous fîmes la promesse que si la Providence nous rendait l'être cher que nous étions en train de perdre, jamais plus nous ne nous reverrions.

Nous sommes sortis de la voiture, et nous nous sommes étreints chaleureusement, en sachant très bien au plus profond de nous, que c'était pour la dernière fois…

Et vous, mes très chères amies, qu'avez-vous de mieux à offrir comme romance ?

Henry le faux British

Dix-sept heures, et je ne suis toujours pas arrivée à la maison. Je m'étais bien promis de rentrer tôt et de m'occuper de ma santé. Mon but ne consistait pas à perdre du poids, mais à me donner le rythme de quelqu'un d'organisé, en faisant tous les jours une promenade « marche rapide » d'environ une heure, trente minutes de redressements assis et d'étirement, et finalement, une heure de lecture avant de trouver le sommeil. Au milieu de tout ça, je devais me concocter un repas super équilibré, que j'arroserais d'un petit rouge bien sec.

Comprenez bien qu'avec cette nouvelle organisation de ma vie, c'en était bien fini des cinq à sept interminables, des rencontres fortuites et sensuelles qui se terminaient parfois à l'hôtel, et des soupers gastronomiques dans les meilleurs restaurants de la ville. J'aspirais à une vie bien rangée, et j'y travaillais.

L'automne venait d'arriver, et le jour s'éclipsait avant même que je ne pose les pieds chez moi. La noirceur me tuait et m'ankylosait. Mon calvaire, parce qu'il faut bien le désigner par ce nom, durait depuis vingt-deux jours, quand ma bonne amie m'offrit d'aller la rejoindre en fin de soirée dans un bar de la rue Crescent. Je ne pus résister, rien qu'à la pensée de voir de beaux mâles dans la quarantaine tourner la tête sur mon passage.

C'était un jeudi soir, les bars étaient bondés d'hommes comme je les aime, expérimentés et dans la fleur de l'âge. Rien qu'à les voir, ma culotte en était tout humide. Je me disais qu'il fallait que je m'en tape un pour le soir même. Je n'en pouvais plus, douze jours sans baiser, c'en était trop. Je m'installai au bar. La poitrine bien en vue et débordante de désir, je prononçai quelques mots doux à mon barman préféré. Il me glissa à l'oreille qu'il avait quelqu'un à me présenter qui comblerait sûrement mes attentes les plus délicieuses. « Laisse-moi quelques minutes, et je t'arrange ça », me dit-il avec un sourire radieux, tout en me servant un kir. Je détournai la tête, et me mis à reluquer toutes les belles têtes qu'il y avait autour de moi, tout en attendant celui qui me mènerait au septième ciel.

Il était de l'autre côté du bar, lorsqu'il me fit signe de la main. Il s'approcha de moi. Ses yeux noirs me foudroyèrent pour un instant. Je le trouvais irrésistible. J'aurais pu le déshabiller sur-le-champ. Il me prit la main, et y déposa un baiser délicat. Ses mains, chargées de tendresse malgré son imposante stature, en disaient long sur les possibilités d'errance sur un corps de femme. Je m'enquis de lui prendre la main et de la mettre sur ma poitrine bouillante, qui n'attendait que ses caresses enivrantes. Je lui dis : « Il pourrait n'en tenir qu'à vous, pour que mon cœur batte encore plus fort ! » Ses yeux se mirent à briller de désir.

Quelle contenance il avait, cet homme ! Il s'appelait Henry, et venait d'Angleterre. Issu d'une mère italienne et d'un père israélien, il possédait le charme de l'une, et l'esprit combatif de l'autre. Je savais que je lui plaisais. Pour rien au monde, il n'aurait lâché prise. J'étais certaine qu'il me voulait à l'horizontale tout près de lui, à me lécher le bloc de détente et la culasse, et à se faire lécher le pistolet.

Tout à coup, arriva mon amie Élisabeth ; toute de noir vêtue. Le galbe de sa robe mettait en évidence ses formes majestueuses et séduisantes. De plus, le fait qu'elle soit accompagnée d'un homme plus jeune amplifiait son allure. Et je vous jure qu'elle faisait de l'effet. Quelques mots agrémentés d'un « santé ! », et ils s'éclipsèrent sur la piste de danse. Je revins à mon Henry, avec toute la passion que l'on me connaît. Nous reprîmes ardemment notre tête-à-tête. Plus nous nous regardions droit dans les yeux, et plus nous nous désirions. Nos cuisses côte à côte dégageaient une telle chaleur, qu'on se serait cru devant l'âtre d'un poêle allumé depuis belle lurette. Henry, tout en passant sa main le long de ma cuisse intérieure, me susurra à l'oreille : « Et si nous allions causer quelque part d'autre ? Viens, suis-moi. Je connais un petit endroit tranquille à l'étage au-dessus. » Irrésistible invitation. S'il n'y avait pas eu tous ces gens autour, je lui aurais glissé la main directement sur ma vulve : elle était plus qu'humide. Je le suivis donc en regardant autour de moi, pour tenter de voir où était Élisabeth.

Nous trouvâmes place à une petite table recouverte d'une longue nappe blanche. La salle était minuscule, et l'éclairage tamisé atténuait la consistance des gens qui se trouvaient là. Henry commanda deux doubles cognacs. Nous ne nous connaissions que depuis une heure, mais ce que nous éprouvions l'un pour l'autre était plus que sexuel ; c'était une pulsion animale. Sous la table, il m'écarta les jambes, et emprisonna l'une d'elles entre sa cuisse et son avant-bras. Puis, sa main vigoureuse retrouva bien plus vite que je ne l'aurais cru ma vulve offerte. Ma culotte ne resta pas longtemps en place. Ses doigts s'agitèrent dans mon vagin. Du pouce, il caressa mon clitoris endiablé. J'avais le visage tourné vers lui, n'osant le moindre mouvement, de peur que des gens ne nous remarquent. Mais au moment même où je m'apprêtais à jouir, je ne pus me contenir : je glissai ma langue dans la bouche d'Henry, et mêlai ma salive à la sienne. Par une succion démoniaque de la langue d'Henry, j'atteins l'orgasme. Mais nous nous ressaisîmes vite. Henry prit mes mains, les serra dans les siennes, et me dit : « Tu veux du champagne et du caviar ? Je fais monter tout ça dans ma chambre. »

J'avais la culotte inondée. Je voulais passer aux toilettes, mais Henry me retint. Il affirmait qu'on serait vite rendus. Dans l'ascenseur, Henry prit ma main et la posa sur son sexe. Il releva ma jupe par-derrière, déchira ma culotte, et planta d'un coup de rein son engin dans mon vagin. Je relevai une jambe, murmurant d'une voix tremblante : « Encore, encore ! » Et lui : « Oui, tu en veux encore ? Tu vas en avoir encore, ma jolie ! Autant que tu en veux ! Ah ! Salope… ! L'ascenseur voulut s'arrêter, mais Henry s'y opposa, en appuyant sur un bouton au hasard. Il me prit par-derrière, et continua de plus belle. Comme un sauvage pressé d'arriver. Mon vagin était de flammes et de ciel. Au moment de l'orgasme, je lâchai un cri rauque, qui dut ameuter tout l'étage.

Aussitôt sortis de l'ascenseur, au moment où Henry mit la clé dans sa porte, une dame ouvrit de l'intérieur. C'était sa femme. Du moins, je crois. Il fit mine de m'indiquer le chemin d'une autre chambre d'hôtel.

J'entendis la femme s'écrier : « Je savais bien que tu viendrais ! Et l'autre de répondre : « J'ai commandé du caviar … juste pour toi… ma chérie ! »

L'Accordeur de piano

Devant sa tasse de café, Géraldine surveille par la fenêtre : elle espère encore l'accordeur de piano. Mais la pluie enveloppe le monde depuis le petit matin ; et bientôt l'orage emprisonnera quiconque a peur des intempéries. Décidément, son accordeur ne viendra pas. Elle remplace le songe par la concentration, en se replongeant dans un livre sans grand intérêt, tandis que ses chats ronronnent près du foyer de pierres. Une douce chaleur enchante la maison, la baigne dans une quiétude scintillante.

Mais alors qu'elle n'y pensait même plus du tout, le maître tant attendu sonne à la porte. Géraldine aperçoit par la fenêtre un homme grand à canne blanche et aux verres teintés. Il attend sans impatience, une mallette à la main. On le lui avait pourtant décrit comme quelqu'un d'assez spécial ; mais elle ignorait qu'il était aveugle. « M. l'Accordeur n'a pas de nom ». C'est du moins ce qui était écrit, en élégantes gothiques, sur la carte de visite qu'il lui présente avec une certaine désinvolture.

– Bonjour, Madame. Je suis Monsieur l'Accordeur.

– Ah… ! Je vous attendais, monsieur. Entrez donc, je vous en prie. Je vais vous montrer le piano.

Géraldine prend la main de l'accordeur, dirige son visiteur jusqu'au salon, où trône le majestueux instrument de musique.

– Permettez-moi, madame… Mais comme vous avez les mains douces !

– Oh… ! Eh bien, merci. Merci, monsieur L'accordeur.

M. l'Accordeur dépose sa mallette par terre, s'assied devant le vaste clavier, et se met aussitôt à jouer quelques portées d'une sonate de César Franck. Géraldine en est subjuguée… Réussira-t-elle un jour à promener ses doigts avec tant d'allégresse sur son instrument ? M. l'Accordeur se lève ; il sent bien que Géraldine est tout près. En lui tenant la main, il a dû ressentir sa sensualité dévorante ; ce grain de peau et cette aura d'épicurienne qui sans doute s'ignore tout à fait. Il sent qu'elle le regarde. Il n'est pourtant pas beau ; mais on admire toujours les aveugles, n'est-ce pas ? Ils évoluent dans des espaces sensibles tellement inaccessibles au commun des mortels.

– Dites-moi… quel est votre prénom ?

– Je n'en ai pas. Enfin, je veux dire… pas pour le travail. Donnez-moi le nom que vous voudrez. Ça me conviendra…

Géraldine s'interroge sur la raison pour laquelle un aveugle aurait scrupule à divulguer son prénom. Oui ; vraiment spécial, cet accordeur.

– Bon, dans ce cas… Puis-je vous appeler Edgar, alors ? Je crois que cela vous irait assez bien.

– Si ça vous fait plaisir. Et vous, comment dois-je vous appeler ?

– Moi, c'est Géraldine.

Dans sa station debout, l'accordeur passe et repasse ses mains, avec d'infinies précautions sur le piano ; en explore interminablement les détails, comme on caresse un corps de femme. Noire-blanche, noire-blanche…

– Un piano, ça ressemble un peu… à une personne du beau sexe. Il y faut… beaucoup, beaucoup de délicatesse, vous savez…

Ses mains fines, presque féminines, explorent une à une les fioritures sculptées dans la fibre du bois. Chaque corde, chaque marteau, prend tour à tour une consistance éloquente. Géraldine jette un coup d'œil par la fenêtre : la pluie vient de cesser, et un pâle soleil caresse les vitres éplorées.

– … C'est une merveille, que ce piano, poursuit-il. Le saviez-vous ? Je lui trouve au toucher une sonorité remarquable… un vrai bijou, Géraldine…, un vrai bijou… !

… Noire-blanche, noire-blanche… Toute la maison écoute, le cœur battant. Un brusque rayon de soleil se pose sur les doigts aveugles, illumine un envol de triolets.

- Venez, que je vous montre... Vous permettez ? Fermez les yeux un peu... Donnez-moi vos mains. Les mains ne mentent pas. Les yeux peuvent nous tromper. Mais pas les mains...

Géraldine, subjuguée par la voix profonde, lénifiante, se laisse aller à l'enchantement. Elle s'assied sur le banc, ferme les yeux et s'abandonne. Elle lève les deux mains en même temps, laisse retomber le bout des doigts sur les reliefs dociles des touches noires et blanches. Noire-blanche, noire-blanche... Ses sens émergent alors de sa nuit intérieure, comme des harmonies éveillées par la musique. Une chaleur l'envahit, son corps se met à trembler un peu. Jamais, elle n'a éprouvé un pareil émoi. Ses doigts semblent bouger d'eux-mêmes ; et c'est si facile, quand on ose ne plus rien y voir. L'Accordeur, assis tout près d'elle et sentant le passage, tente de l'envoûter.

– Restez les yeux fermés, Géraldine. Oui,

comme ça... Savez-vous qu'on peut voir aussi... avec les mains... ?

Elle le savait sans doute déjà. L'accordeur enlève ses lunettes, prend les mains de Géraldine, et les guide sur les reliefs de son visage.

– Oui. Vous pouvez même me découvrir avec vos mains... Simplement avec vos mains... Touchez mes yeux..., mes joues..., le lobe de mes oreilles..., ma bouche, aussi... ma nuque... Non, n'ayez pas peur... Je ne peux rien vous faire, vous savez. Absolument rien. Je suis aveugle...

Géraldine laisse brusquement s'écrouler ses barrières et ses murailles de préjugés. Sans discuter davantage, elle prend à son tour avec ferveur les mains du supposé Edgar, et les amène au contact de son visage à elle. Le seul toucher vaut bien des paroles. Il captive les sens, les sublime, dans le foisonnement impeccable du silence. Et l'exploration du bout des doigts dérive insidieusement en caresses, en un dialogue des sens, bien au-delà des mots. Géraldine lui entrouvre ses lèvres, bouge un bout de langue entre ses dents de corail; et très lentement, au rythme étrange de l'accordeur à son ouvrage, surgit une ouverture de concerto en do majeur. Se tisser l'un dans l'autre ; entrer dans l'harmonie d'un corps à corps ; renaître enfin dans la musique d'une fusion exaltante... Il lui relève la jupe, l'assoit sur lui tendrement, à califourchon. Justement, elle ne porte pas de culotte. Elle frotte sa vulve avec insistance contre le membre dur qu'elle éprouve sous l'épaisseur de l'étoffe. Il presse ses seins et les lui mange, tandis qu'elle lui lèche les oreilles avidement. Edgar ouvre enfin sa braguette avec lenteur, solennel, et extrait son sexe ; gros, congestionné d'émotion. Il l'introduit sans préambule, passionnément, en la moiteur et la nuit de ses fondements. Et ils dansent l'un dans l'autre, passant du menuet au concerto, de pianissimo à crescendo forte. Sa verge puissante la taraude, toujours au plus profond, à la brisure d'un cri qui se prolonge en silence. Et même, le supposé Edgar se met soudain à jouer du piano en même temps, tout en finesse, en ponctuant ses andantes de coups de queue bien francs. Course vers la jouissance, vers le bonheur hors du temps ; au rythme des notes volubiles, absolues, qui les emportent dans un pays obscur, crevé d'étoiles et de scintillements. Géraldine se balance et oscille : en avant-en arrière, en arrière-en avant, le sexe mélodieux d'Edgar planté divinement dans sa vulve palpitante. Enivrée d'amour et de musique, par cette queue miraculeuse qui se fait aria en son être, fait vibrer son vagin comme l'archet le violon. Mais la fête se résorbe d'un seul coup en feu d'artifice, avec une grande giclée liquide qu'elle ressent dans les lointains de ses sens. Géraldine rouvre alors les yeux, attire à elle la tête d'Edgar, qu'elle place entre ses seins. La fugue est ainsi achevée ; le silence se dépose à pas lents sur son décor du quotidien, le fait luire d'une lumière neuve. Elle se remet debout, rabaisse sa jupe en désordre, la défroisse avec soin, et fait disparaître toute trace d'amour sur eux. Elle sort de la pièce sans ajouter un seul mot ; pour le laisser à sa besogne comme si de rien n'était.

Une heure plus tard, depuis la salle à manger, elle entend résonner une à une les notes blanches et noires. Malgré elle, elle est toujours sous l'emprise du plaisir interdit. Pourquoi un aveugle ? On ne choisit jamais. Il aura suffi qu'il arrive ce jour-là ; presque par hasard et malgré la pluie. Mais en réalité, elle avait envie de faire l'amour depuis déjà si longtemps !

Sur le seuil de sa porte, Géraldine prend les grandes mains d'Edgar ; presque avec dévotion. Il se tient très droit devant elle.

– Edgar… Tu reviendras ?

– L'avenir est plein de surprises, Géraldine ; je ne te promets rien. En tout cas, je n'oublierai pas ce matin, avec toi.

La pluie encore un peu présente, Géraldine offre à Edgar de le reconduire. Quand ils atteignent le coin des rues Bellechasse et Fabre, comme il l'en a prié, elle ne s'attarde pas. Et repart un instant, en essayant de refouler ce gros nœud qui lui crie dans la gorge. Mais elle se retrouve vite bloquée derrière un camion de livraison. La pluie ayant cessé à nouveau, elle sort de sa voiture ; et elle ne sait par quel pressentiment, elle rejoint à grands pas l'angle Bellechasse et Fabre. C'est là qu'elle aperçoit de loin sa seconde surprise de la journée ; mais à rebours. Edgard n'a plus ses verres. Il a plié sa canne blanche, et marche sourire aux dents, par le soleil revenu.

Maison de rêve

Depuis deux mois déjà, Anne-Louise cherche à investir son argent dans l'achat d'une maison dans les Laurentides. Ce qu'elle veut, c'est un endroit paisible où personne ne viendra la déranger. Un endroit où l'on peut se promener nu chez soi, et surtout, ne pas avoir à fermer les rideaux pour baiser. Un lieu quelque peu boisé, à l'écart de toute civilisation, mais sans être trop loin des axes routiers, voilà ce qui ferait son bonheur. Alors, toutes les fins de semaine, elle se promène dans des petits villages, de Prévost jusqu'à Sainte-Adèle, et cherche la perle rare.

Ce jour-là, elle avait pris rendez-vous avec l'agent immobilier Patrick Maisonneuve, au 14 de la rue du Pré à Sainte-Anne-des-Lacs. Village paisible s'il en fut, au cœur des Laurentides, où la tranquillité s'harmonise avec la proximité d'un petit patelin très achalandé du Québec, Saint-Sauveur. Elle n'aurait que quelques kilomètres à faire pour se retrouver dans la civilisation. De plus, la maison était juchée sur le sommet d'une montagne d'où l'on pouvait admirer un Montréal lumineux à la tombée du jour. La vue était magnifique !

Elle avait rendez-vous à 16 h. Et même sachant que son agent était toujours en retard, elle se présenta comme d'habitude avec plus d'une demi-heure d'avance, pour prendre le temps d'examiner les lieux. Son amoureux du moment devait venir à sa rencontre ; il aimait la seconder dans ses choix. Parfois, il allait même jusqu'à pousser l'audace de demander au propriétaire s'ils pouvaient louer la maison quelques jours, pour essayer la chambre avant de faire une offre. En fait, il était assez farceur ; et avec lui, il fallait s'attendre à tout. Comme il tardait à arriver, elle fit deux fois le tour du terrain, en identifiant chacun des arbres et arbustes, y compris les plus grands, à l'arrière de la maison. Puis, elle s'avança vers une fenêtre, et tenta de voir à l'intérieur. À sa surprise, la maison était entièrement meublée. Elle continua donc à se diriger vers la porte d'entrée, qui était ouverte. « Étrange... » pensa-t-elle. Elle resta un moment sur le seuil, et se risqua à appeler : « Y a quelqu'un ? Holà ! Quelqu'un ? » Personne ne répondit. Elle hésita encore un moment, puis finit par entrer.

Un imposant escalier de chêne séparait un salon à l'ancienne et une salle à manger. Les bois travaillés de la rampe et des pilastres lui inspirèrent du premier coup d'œil un sentiment de majesté, qui lui donnèrent l'envie de gravir ces marches quasi monumentales. Tout en haut de l'escalier, elle arriva devant une magnifique bibliothèque vitrée, encastrée entre deux murs. Sur les rayons, étaient rangées des collections de luxe. En allant plus loin, elle entra dans une chambre dont la fenêtre principale donnait sur les lointains de Montréal. Elle crut entendre un petit craquement. « C'est toi, Romain ? Monte, je suis dans la chambre. » Elle ne retourna même pas la tête.

Soudain, elle sentit deux mains qui lui couvraient les yeux. Romain avait l'habitude d'agir ainsi. Anne-Louise entendit : « chu… chut ! » Et se laissa aller à ses fantasmes en toute quiétude. Il lui banda les yeux avec son foulard, et lui souffla dans le cou. « Chu… chut… » Tout en restant derrière elle, il passa ses mains sous son chandail, lui détacha son soutien-gorge, et empoigna ses seins passionnément.

– Hum ! J'adore quand tu es un peu féroce. Allez ! Continuuuuuue, vite. On n'a pas beaucoup de temps !

Il la jeta sur le lit, lui arracha la culotte, et glissa ses doigts dans la moiteur de son entrejambe. Tout en maintenant fermement les bras d'Anne-Louise, il la pénétra d'un grand coup de verge.

– Oh ! C'est bon… !

– Chu… chut…

Anne-Louise cherchait la langue de son amoureux, mais lui ne voulait pas. Il la fouillait de son membre rigide, toujours plus fort, comme pour la faire souffrir, la traverser de son sexe, depuis ses lèvres d'en bas, parvenu au comble de la jouissance, jusqu'à celles de son visage bâillonné, qui finirent par souffler : « Arrête ! ! ! Arrête ! ! ! Je n'en peux plus… ! » Mais il poursuivit avec acharnement, la retourna sur le ventre, et replongea son sexe au tréfonds de sa vulve qui criait grâce. Elle avait l'impression de n'être plus, d'une ouverture à l'autre, qu'un tuyau de sensations et d'efforts, dans lequel fluait et refluait la verge déchaînée. Il finit par se décharger en elle, avec un râle assourdi. Et elle se laissa aller, bienheureuse.

– … Je crois que je vais l'acheter, cette maison, fit-elle dans un soupir d'aise, après un long moment. Elle nous va si bien…

Anne-Louise se retourna, enleva son foulard, et chercha du regard son amoureux. Elle entendit, comme un coup de vent, quelqu'un qui sortait de la maison. Un doute lui effleura l'esprit.

– Romain ? ... Tu es là ?

Elle enfila précipitamment sa culotte, courut se doucher en vitesse à la salle de bain, et regagna l'aire de stationnement. La voiture de son amoureux n'y était pas ; non plus que lui, d'ailleurs. Malgré tout, elle se disait : « C'est une blague... Il s'est caché quelque part, pas loin. Il doit être là... » Elle fit le tour de la maison, à l'intérieur comme à l'extérieur. Mais il n'y avait vraiment personne. Personne.

Lorsque l'agent immobilier arriva à son tour, à l'heure dite, elle l'observa avec une attention soutenue, et en particulier ses mains. Car elle avait encore dans le grain de sa peau comme la texture des caresses de l'homme qui l'avait prise.

Ce n'était sûrement pas lui. Alors, qui ?

Les Bélanger

Les Bélanger, des Montréalais tout simplement charmants, venaient d'emménager en Mauricie. Étienne était passionné de nature, et avait longtemps caressé le rêve de devenir dompteur de chevaux. Brigitte, sa femme, était pharmacienne. Pendant un temps, elle avait employé tous ses samedis à éplucher les journaux, dans l'espoir de se trouver un poste qui lui siérait à merveille. Mais finalement, après deux ans de recherche active, elle avait fini par acheter une pharmacie dans un village proche de leur demeure. Une chance, multipliée par un rêve réalisé : lui, dompteur de chevaux et elle pharmacienne selon son cœur. Que rêver de plus ? Eh bien, une vieille ferme à bon prix, un peu en retrait du village, qui couvrait plusieurs arpents ; avec de nombreux bâtiments, dont une grange, une écurie, une maison, un chalet d'invités tout près d'un petit lac artificiel. Leur rêve exact, en somme.

Un jour, alors qu'Étienne était parti à la grande ville pour faire des courses, Brigitte décida de se rendre seule au chalet d'invités qui était situé tout au bout d'une de leurs terres. Le sentier se dirigeait droit vers la forêt, où Brigitte respirait à pleins poumons l'air vivifiant dont elle ne faisait que rêver, au temps où elle vivait encore à Montréal. Arrivée à destination, elle entra avec un soupir d'aise dans l'unique pièce de rondins, au centre duquel trônait le poêle à bois. Un divan-lit ouvert invitait à la sieste ; une chaise berçante dirigée vers la fenêtre suggérait la lecture d'un bon roman, ou la contemplation du dehors. Au plafond, était suspendue une lampe à l'huile ; des bougies s'alignaient autour des deux fenêtres et sur des plinthes qui longeaient la maisonnette. Et surtout, cette vue sur le lac. Elle fit rapidement le tour de la pièce, et voulut aussi goûter à la fraîcheur de l'eau. Mais celle-ci était encore bien trop froide pour la baignade. Elle sortit une chaise d'extérieur, et alla s'asseoir près du lac. À ce moment-là, elle s'aperçut qu'il y avait des traces fraîches d'un véhicule tout terrain contre le mur arrière de la maison. Pourtant, l'endroit n'avait pas été habité depuis plus d'un an. Brigitte s'en retourna perplexe.

Mis au courant à son retour, Étienne entreprit aussitôt d'élucider le mystère. Le lendemain, il se rendit lui-même au chalet. Il prit soin de laisser sa monture assez loin, pour que personne ne puisse l'entendre venir. Il se dissimula parmi un bouquet d'arbres, mais n'aperçut aucun VTT. Après une courte attente, il entra. Rien ne laissait supposer que quelqu'un était venu. Excepté ces traces encore fraîches, sur le sol noir, qui ne laissaient pourtant aucun doute.

Un mois passa, durant lequel ni l'un ni l'autre ne retourna au chalet. Puis, vint un certain dimanche, où il faisait une chaleur d'enfer. Étienne ne voulant pas sortir les chevaux, Brigitte proposa une marche en forêt pour s'aérer un peu, après leur rude semaine de travail. Ils partirent donc vers le lac bras dessus bras dessous, la serviette de plage sur une épaule, dans le calme plein de la nature. Des perdrix qui cacabent, un envol soudain de tourtereaux, la forêt leur était ce jour-là comme un concert léger. À quelques pas seulement du chalet, Étienne aperçut un VTT appuyé contre le mur de l'entrée. Aussitôt, il fit signe à Brigitte de ne pas faire de bruit, et ils s'avancèrent avec précaution. Tout à coup, ils entendirent des voix venant du lac. Ils se dissimulèrent comme ils purent, le cœur palpitant. C'étaient une voix d'homme et une voix de femme. Ils semblaient s'amuser dans l'eau, aussi insouciants que des enfants.

Deux versions, à vous de choisir.
Si vous êtes Catholique pratiquant, ne lisez
pas la partie de droite.

– Si ton mari savait que je suis avec toi en ce moment, il me tuerait, Hélène !

– N'y pense pas. C'est aujourd'hui, qui compte ! Allons, André, on pourrait nous voir !

Hélène et André coururent main dans la main jusqu'au chalet, où ils s'engouffrèrent. Lorsqu'il les vit, Étienne fut si interloqué, que rien ne sortit de sa bouche lorsqu'il voulut les apostropher. Brigitte et lui demeurèrent accroupis, dans l'espoir que les amants se rhabillent au plus vite. Mais ceux-ci, tout à leurs jeux amoureux, s'entremêlaient sans

– J'espère que le Bon Dieu va vous pardonner, monsieur le curé. Pensez-vous ?

– T'en fais pas, ma Claudette ; avec toutes les hosties et le vin bénis que j'ingère, je suis déjà largement pardonné ! (il tapotait d'un air satisfait son ventre protubérant).

Couple bizarre, pour le moins. À croire qu'une soutane pourrait se trouver dans la maisonnette. J'ai déjà eu une amie qui adorait faire l'amour avec son mari lorsqu'il portait la toge. Il en faut bien pour tous les goûts.

Comme Étienne voulut sortir de son buisson pour s'enquérir de

fin comme une danse nuptiale, s'enroulaient l'un dans l'autre dans leur plaisir apparemment inextinguible. Force fut donc à Brigitte et Étienne de les observer sans rien dire, jusqu'à ce qu'ils consentent à quitter les lieux. Hélène était une femme que la nature avait comblée. Ses cheveux longs et bouclés, d'or vif, lui descendaient jusqu'au bas des reins, et dansaient avec le vent. Sa poitrine droite et ferme lui donnait une allure de Vénus callypige. Ses jambes élancées avaient l'élégance des gazelles. Tout chez elle inspirait. Comment un homme pourrait-il rester coi devant tant d'avan-la raison pour laquelle ils occupaient un endroit privé, Claudette et son curé, sortirent de l'eau totalement nus, et coururent jusqu'au chalet. De saisissement, Étienne recula de quelques pas, et alla rejoindre Brigitte derrière les fourrées. Ensemble, ils attendirent en silence que le couple se rhabille, mais il ne se rhabilla pas. Tout au contraire, il se livrait aux plaisirs de Gomorrhe. Claudette, une femme d'un physique assez imposant, le retable bien rempli, s'adonnait aux plaisirs de la chair avec une touchante concupiscence. Son partenaire, peut-être curé après tout, mais certes pas eunuque, avait l'apparence d'un

tages ? André, lui, était bien bâti, l'œil intelligent. Il n'ignorait pas sans doute qu'il avait déniché une vraie merveille. Aux mouvements de ses mains sur le corps de son Hélène, on pouvait croire qu'il caressait un joyau, dont il prenait garde de n'altérer ni le grain, ni ce désir magnétique qui circulait de sa peau à la sienne. Tel un chat bien dompté, il léchait chaque courbe du corps de sa maîtresse, la faisant frissonner de volupté. Elle se laissa faire les yeux clos. Jouit, puis devint lionne. Elle lui prit le pénis, s'en amusa et lui en aspira quelques gouttes. Les deux amants se firent graduellement fébriles. Quand il la joueur de base-ball. Bien bâti, quoiqu'un peu flasque à divers endroits. Il se laissait faire comme un enfant prend plaisir à abandonner son corps pour la première fois aux soins d'une nourrice experte ès l'art de la cajole. Elle prit bien en main son membre viril, s'en amusa gaillardement, comme si elle voulait en aspirer toute l'onction pour son propre baptême. Le susnommé curé, visiblement émoustillé, voulut s'avancer vers la sacristie, cette dernière ne devant pas servir très souvent, mais il eut quelque difficulté à s'y introduire. Une fois à l'intérieur, un va-et-vient bien compréhensible démon-

pénétra d'une verge attentionnée, elle fut soudainement prise d'une rage folle ; ses doigts lui arrachèrent le dos, tandis qu'il poursuivait sa montée de spermes sans faiblir, pour en arriver à un grandiose coït final. Hélène regarda alors sa montre calmement ; il était l'heure. En à peine quelques secondes, ils se rhabillèrent, et partirent comme des voleurs dans la nuit.

tra à l'observateur averti ses incontestables prédispositions pour la chose sacrée. Il lui prit même envie à l'improviste de passer par la porte d'en arrière. Comme dans un cloître, c'était aussi difficile d'y entrer que d'en ressortir. Mais malgré tous ces embarras de circulation, l'objectif fut heureusement atteint, par la grâce de la divine Providence. Dans l'extase et la félicité, Claudette reçut donc l'extrême onction. Ils restèrent étendus cinq minutes, puis repartirent sans un mot de plus par le chemin des pénitents.

Étienne et Brigitte se relevèrent péniblement, avec l'impression d'avoir des millions de fourmis dans les jambes, bien décidés à ce que désormais, plus personne ne pénétrât impunément sur leur propriété. Ils avaient perdu l'envie de se baigner et de se reposer dans leur petit nid d'amour, et ne parvenaient toujours pas à comprendre l'existence même des squatters. Ils s'en retournèrent collés l'un contre l'autre, un peu mélancoliques. Chemin faisant, Étienne s'amusa à tirer les cordons du maillot de sa belle. Elle fit mine de refuser son jeu, mais s'arrêta net. Elle regarda le ciel, et consentit. Il la prit dans ses bras, la plaça de façon à ce que les rayons du soleil l'illuminent. Puis, avec ses dents, il tira tout doucement chaque cordon qui tenait son maillot, tout en lui léchant tout le corps. Lorsqu'elle fut complètement nue, il lui frôla délicatement les rondeurs, lui effleura le haut de la poitrine, lui caressa voluptueusement la vulve. De la langue, il lécha ses seins minutieusement, en s'arrêtant longuement sur les mamelons, les fesses en se concentrant sur le coccyx, la fleur alanguie de son ventre, en insistant sur la corolle. Puis prit la serviette et l'étendit par terre. Elle se pencha sur lui, goûta à son tour à la chair âcre de son sexe durci, qui pointait éperdument. Ensuite, elle l'enfourcha à califourchon, et commença sa cadence à fière allure, au trot, au galop, jusqu'à ce qu'ils soient rendus. Les deux amoureux, habités par l'éternité sylvestre, jouissaient de chaque seconde d'intemporalité. Une fois de retour, nos deux amoureux s'enquirent d'un plan afin d'éviter que des squatters n'envahissent leur nid d'amour. Ils jugèrent bon, dans un premier temps, de tout verrouiller, et s'il y avait récidive, ils pourraient alors envisager une alternative encore plus radicale.

Le lendemain, c'était un dimanche, une foule de croyants était assemblée sur le perron de l'église. Étienne et Brigitte, passant par là, s'y arrêtèrent pour saluer quelques clients de la pharmacie. L'église était belle, ils s'assirent un instant sur les chaises, pour jouir de tant de sérénité.

Si vous êtes Catholique pratiquant,
ne lisez pas la partie de droite.

Étienne et Brigitte s'arrêtèrent sur le perron de l'église, et demandèrent ce qui s'y passait. Ils apprirent qu'un homme et une femme dans la trentaine avaient été retrouvés sans vie au bord du petit lac Navré. Il s'agissait d'une certaine Hélène Baril, fille de l'ancien maire, et d'un André Prieur, originaire de la grande ville. Les policiers étaient sur une piste sérieuse pour retrouver le coupable. Étienne et Brigitte se regardèrent sans mot dire. Les paroles d'André leur revinrent à tous deux en même temps à l'esprit : « Si ton mari savait… »

Aussitôt la messe commencée, Étienne se perdit en esprit dans la voûte céleste de l'église, et Brigitte dut lui donner un coup de coude pour qu'il se reprenne. Il ouvrit grand les yeux, mais avala péniblement sa salive, quand il reconnut celui qui disait la messe ; le curé du chalet. Et non loin derrière lui, la dame qui lisait les psaumes était sa Claudette.

Rachid le
neurasthénique

Rachid Fakeyu, un éminent gynécologue, s'apprêtait à recevoir une nouvelle cliente dans son cabinet de Rivière-des-Prairies. Dans la jeune cinquantaine, le docteur Fakeyu avait accouché des milliers de femmes, et en avait examiné de toutes sortes : des allongées, des raccourcies, des trapues, des grasses, des corpulentes, des volumineuses, des maigrichonnes, des filiformes, des ineffables et des innommables. Des seins, il en avait pourtant vu et tâté de toutes les dimensions.

Des vagins, il en avait exploré sous toutes les coutures, tel un archéologue sur son site, au point qu'aussitôt qu'il en voyait un sur la table d'examen, cela le répugnait. N'importe quel homme aurait pu envier la profession qu'il exerçait, mais lui, il n'en pouvait plus. Désormais, un seul rêve le tenaillait : une femme pour l'amour, un point c'est tout.

Au tout début de sa carrière, le professionnalisme de Rachid avait pris des proportions telles, qu'il en était venu à oublier qu'il possédait encore sous son pantalon un organe sexuel qui ne demandait qu'à satisfaire sa bien-aimée. Sa femme, ne trouvant plus aucun avantage à vivre aux côtés d'un être asexué, avait demandé et obtenu l'annulation du mariage.

Rachid n'avait jamais su combiner vie matrimoniale et vie professionnelle. Ses premières patientes, il les avait touchées du bout des doigts, puis s'était fabriqué une carapace pour écarter de lui toute pulsion sexuelle, à l'issue d'une véritable ascèse de tous les instants. Cela en avait fait d'ailleurs un être quelque peu névrosé. Mais parvenu à cette phase de son existence, il en avait plus qu'assez d'une profession qui se révélait au final un véritable fardeau. Il avait pris conscience qu'il s'était exclu de lui-même de toute vie sociale, en abandonnant, ici ses parties de tennis, là de scrabble, ou encore sa demi-heure à la piscine tous les matins, de même que la musculation au gym avec ses confrères de travail. La Femme avec un grand F était donc devenue son obsession à retardement, si l'on peut dire, son obsession par réaction. Car désormais, celle dont il rêvait exclusivement était la femme sexuée, celle qu'il n'avait presque jamais caressée, jamais pénétrée, jamais assouvie.

Anxieux comme d'habitude de recevoir une nouvelle patiente, Rachid s'assit à son bureau, et commença à feuilleter le dossier tout en fermant les yeux et en respirant profondément. La fiche de renseignements n'indiquait aucune maladie, et deux accouchements d'enfants parfaitement normaux. Il ouvrit la porte de son cabinet, et fit l'appel : « Mme Camille Va… Vigean ! » Quelle ressemblance avec le mot vagin ! À une lettre près, c'était le lapsus. Une femme souriante se présenta, le salua, et s'installa devant lui.

– Bonjour Madame, que puis-je faire pour vous ?

– Voilà docteur. Je vais bientôt signer mes papiers de divorce, et j'aimerais être ligaturée.

Camille aurait bien aimé parler de son divorce, qui lui était comme une véritable délivrance.

– Il faudrait d'abord que je vous fasse un examen gynécologique. Si vous voulez bien passer de l'autre côté… Enfilez la jaquette, installez-vous, et je vous y rejoins à l'instant.

Camille suivit docilement les instructions, mais pendant les quelques minutes d'attente qu'elle eut à patienter, elle trouva le temps long. Nue sous sa jaquette bleue, elle indiqua au médecin d'une voix doucereuse qu'elle était fin prête. Rachid se dépêcha d'arriver au chevet de sa patiente. Elle avait méticuleusement plié le rebord de sa jaquette sur elle jusqu'au pubis, s'était couchée sur le dos, les genoux relevés et les pieds dans les étriers, prête à subir l'outrage du spéculum. Lorsqu'il vit ses cuisses, Rachid eut un léger gonflement de son pénis. Il en demeura perplexe : ça ne lui était jamais arrivé. Il lui ordonna d'allonger les jambes, et à l'aide d'un drap, il les cacha et ne dégagea que son ventre qu'il palpa fermement. Il tâta également ses seins, qu'il trouva bien beaux à son langage. Puis, il lui demanda de replacer les pieds dans les étriers, et activa le spéculum dans son vagin. En entendant le rouage effectuer l'élargissement de son intérieur, Camille eut, elle aussi, quelques envies. Elle n'avait pas fait l'amour depuis plusieurs années. Elle eût volontiers remplacé l'instrument qu'elle sentait entre ses entrailles par une véritable prise mâle. D'autant plus, que le docteur Fakeyu ne se gêna nullement pour laisser Camille en plan, durant qu'il remplissait consciencieusement son rapport dans le dossier de Madame. L'aération fut complète. Deux ou trois minutes, qui parurent interminables, l'orifice totalement ouvert.

« C'était déjà sec avant, vous n'allez quand même pas m'assécher encore plus, Docteur », lui dit-elle en blaguant. Notre Rachid, qui n'avait pas semblé se préoccuper le moins du monde de la chose avant d'entendre le commentaire, regarda Camille droit dans les yeux. Avec une douceur peu commune, lui demanda : « Êtes-vous un peu aventurière ? » Camille ne s'attendait pas à une telle question, elle ne voulait qu'alléger son supplice. Rachid répéta avec fermeté : « Ne seriez-vous pas un peu aventurière, madame Vigean ? » Devant tant d'assurance et d'impétuosité, Camille regarda sa montre, et répliqua : « Oui, mais pas aujourd'hui ». Le docteur Fakeyu perdit instantanément toute contenance, retirant vivement le spéculum, et fit sèchement : « Vous pouvez vous rhabiller, ma secrétaire vous appellera pour la date de votre opération. » Et il sortit du bureau.

Camille regrettait presque d'avoir refusé une telle offre. Elle ajouta haut et fort : « Je préférerais après l'opération, docteur. Si cela vous convient encore, évidemment. » Rachid revint sur ses pas. Étonné, il ajouta : « Nous en reparlerons. »

Le docteur Fakeyu se retrouva seul dans son bureau. Comment avait-il fait pour devenir instantanément un homme plein d'audace ? Cela faisait des mois que cette phrase tourbillonnait dans sa bouche ; et jamais sa pulsion maligne ne s'était exprimée aussi clairement. « La barrière est immense, quand on souhaite devenir quelqu'un qu'on n'a jamais été ! » se lamentait-il intérieurement.

Devant son insuccès et son manque de bravoure, Rachid entreprit de poursuivre sa quête en devenant un homme de bar. Il n'avait pas mauvaise tête, mais comme son esprit était confus dans ses approches avec le sexe opposé, cela se voyait énormément, et pas une femme n'aurait songé à partir avec lui pour une simple partie de jambes en l'air. C'est donc dans un bar très connu de Montréal, qu'un verre de scotch à la main, il passait d'un comptoir à l'autre pour reluquer les belles femmes qui auraient pu l'intéresser. Surprise ! Il eut droit à une approche tout à fait conventionnelle.

– Bonjour, je m'appelle Marie-Ange, et vous ?

– Moi, c'est Rachid Fakeyu.

– Pardon ?

– Appelez-moi Rachid.

En fait, il était tombé sur une prostituée. C'était à s'y méprendre : cheveux courts, tailleur-pantalon, allure très distinguée. Après quinze minutes de conversation plus ou moins intéressante, la professionnelle, qui n'avait pas de temps à perdre, entreprit son client potentiel à la hussarde.

– Vous demeurez à l'hôtel ?

– Non, pourquoi ? Vous voulez vous reposer ? Vous demeurez ici ?

– Non, pas vraiment. Je suis une… professionnelle, si vous voyez ce que je veux dire. Ça… vous intéresse ?

Déjà un peu étourdi par l'atmosphère de bar et l'alcool auquel il n'était pas habitué, Rachid avait du mal à saisir.

– Hem… et qu'est-ce que vous faites dans la vie, exactement ?

Décontenancée, la péripatéticienne se sentit brusquement nerveuse. D'habitude, les clients comprenaient plus rapidement.

– 200 $, et c'est comme vous voulez. Alors, on y va ?

– Ah ! Je vois… ! Attendez que je réfléchisse…

– C'est-à-dire… je n'ai pas tout mon temps, moi.

Rachid était sur le point de refuser, quand il se vit tout à coup, nu sur le drap blanc, avec la blonde montant sur lui pour lui apporter les plaisirs trop longtemps interdits. Il se ravisa.

– Bon. Une nuit, c'est combien ?

– Ce sera 900 $

– Oh ! Ça n'est pas donné !

– À prendre ou à laisser.

– Parfait. Où va-t-on ?

– Vous voulez prendre une chambre ici ?

– Pourquoi pas ? Je vous suis.

Rachid entra dans la chambre, suivi de Marie-Ange. Il referma la porte, s'y adossa un instant comme s'il était ivre, et ferma les yeux. Allait-il rebrousser chemin, ou réussir à vaincre son angoisse pour recouvrer les saines bandaisons de sa jeunesse ? Il prit place sur un fauteuil, pour regarder Marie-Ange qui se déshabillait déjà. Elle retirait son tailleur avec des gestes provocants, déboutonnait sa chemise, la retirait en ménageant des pauses, et sans cesser de le regarder. Un véritable strip-tease de mise en bouche. Mais au moment où elle allait enlever ses dentelles rouges, il lui demanda d'arrêter. Sans poser de questions, elle se dirigea vers lui, et lui massa le cou avec vigueur, en posant sa poitrine sur son visage. Rachid extirpa de lui-même les lourdes mamelles de leur nid de dentelles, et les couvrit de baisers affectueux, presque puérils. Il mordillait et suçait à pleine bouche, tandis que Marie-Ange frétillait de plaisir. Ses clients ne réclamaient pas tous les mêmes traitements et recevaient généralement beaucoup plus qu'ils ne donnaient. Elle pouvait tout aussi bien se retrouver en compagnie d'un quidam tout à fait brutal et irrespectueux, ou un être suave et attentionné, traitant les femmes avec déférence. Rachid se comporta en homme du monde, jusqu'à ce que Marie-Ange s'apprêtât à enlever sa culotte. Inquiet, Rachid lui demanda de garder son slip. Une femme au bassin nu lui rappelait beaucoup trop l'examen gynécologique. Un silence s'installa dans la pièce.

Marie-Ange avait toute la nuit devant elle pour satisfaire son client. C'était leur pacte tacite. Elle devait éveiller en lui son instinct viril. Elle s'étendit donc de côté sur le lit. La tête appuyée sur une main, elle l'appela en passant sa langue autour de ses lèvres. Il vint s'allonger auprès d'elle, et la laissa déboutonner sa chemise, défaire sa boucle de ceinture, ôter son pantalon. Et il se retrouva déshabillé devant elle qui souriait avec ironie, le sexe inerte. Elle suggéra la douche en duo ; il en fut ravi.

Cependant, réflexe professionnel, Rachid s'inquiéta de savoir si elle avait bien des condoms. Elle le rassura, le conduisit sous la douche, retira son slip à son tour, et l'y rejoignit. Elle prit la savonnette, se la glissa entre les mains et visita le corps de Rachid, des épaules jusqu'au bas-ventre, où elle s'arrêta. Puis, voyant que rien de concret ne se manifestait encore, elle lui plaça le savon entre les mains, et se tourna le dos vers lui. Comme il allait lui enduire les épaules de savon, elle prit ses mains et les guida sur sa poitrine en se laissant masser les éminences vigoureusement. Elle adorait. Rachid l'attira sur son torse velu, elle bougea un peu les miches et y sentit une raideur des plus agréables. Enfin ! se dit-elle. Mais elle n'était pas au bout de ses peines. Lorsqu'elle se retourna pour saisir son membre en érection, il avait à nouveau perdu toute consistance. Elle fit mine de rien, et offrit sa bouche. Actrice, son baiser se fit même passionnel, de même que la façon dont elle lui empoigna les bourses. Alors seulement, son phallus reprit vie. Elle ferma l'eau de la douche, l'attira vers le lit défait. De nouveau étendu, il ferma les yeux, tandis que Marie-Ange s'activait de tout son être sur celui qu'elle appellera plus tard son rescapé de l'amour. Elle commença par lui lécher le gland, puis passa la langue tout le long de son pénis qui ne cessait de croître. Elle en reprit l'extrémité, l'aspira et poussa ses lèvres jusqu'à la base « phalluséenne », et remonta ensuite en effectuant une légère pression de sa langue jusqu'au champignon. Rachid émettait des sons des plus inhabituels. Il ressuscitait. Le moindre petit mouvement buccal de Marie-Ange le faisait monter d'un degré dans l'échelle du jouissif. En pourvoyeuse qualifiée d'orgasmes systématiques, Marie-Ange lui banda les yeux. Elle emmaillota précautionneusement « l'érectionnette » de Rachid, et se glissa sur cette dernière tout doucement, en effectuant des montées et des descentes qui passèrent de basse à haute vitesse assez rapidement. Rachid arracha le bandeau, empoigna les lourdes mamelles de Marie-Ange, et se mit à les pétrir. Il pouvait maintenant se contrôler. Il cognait du bassin, en hurlant : « Ho ! Ho ! Ho ! », Marie-Ange expulsait des Han ! Han ! Hannnnnn ! Peu de temps après, Rachid s'affaissa, se retira, et ôta son déshabillé de latex rempli de saumure.

Rachid n'avait pas connu un tel exploit sexuel depuis le début de ses études universitaires, juste avant que ne commence sa phobie des vagins. La professionnelle et son client s'assoupirent, le temps de regagner toute l'énergie qui convient aux besoins des récidivistes. Une demi-heure plus tard, Marie-Ange se remit vaillamment à l'ouvrage auprès de son client, et cette fois-ci, son savoir-faire ne tarda pas à aboutir. Rachid l'accula par-derrière en lui fichant sauvagement au creux des reins son membre rigide de nouveau vêtu de latex. « Pourquoi avoir perdu tout ce temps à jouer l'eunuque ? se disait-il. Anh ! Anh ! Anh ! Pourquoi ! Pourquoi ! » L'angoisse et la rage se mêlaient dans sa tête, tandis qu'il flagellait Marie-Ange d'une quéquette vengeresse. Il la retourna comme une crêpe, pour la reprendre par devant de plus en plus fort, tandis qu'elle criait : « Arrête ! Arrête ! Tu me fais mal ! » Elle le gifla, il s'excusa, et diminua sa cadence. Et avec un tel doigté, que ce fut elle qui commença à exulter la première : « A-a-a-ahh ! oui ! Ah oui ! C'est ça… ! » Il lui plaça les pieds sur les épaules, et continua son tempo jusqu'à assouvissement total.

Toute la nuit, Marie-Ange se donna avec la dernière abnégation, afin de rétablir Rachid à son état glorieux d'étalon. Mais pour seulement six heures de travail, c'était relativement bien payé. Mais elle fut tout de même surprise de ce que Rachid lui demanda lorsqu'à la fin, il se retrouva pourtant hors d'usage.

– Ma petite Marie-Ange… Je ne sais pas pourquoi je me sens si bien… Mais tu y es sûrement pour quelque chose. On pourra se revoir ?

– Je suis ici tous les vendredis et samedis, à partir de 23 heures. Si je ne suis pas prise, c'est quand tu veux.

– Non. Je veux dire… Ça t'est arrivé, de penser à quitter ce milieu ?

– Oh ! Ce milieu, comme tu dis… Ça n'est pas vraiment le mien.

– Un peu un accident, si tu veux. En réalité… ça ne fait que trois mois que je pratique.

– Est-ce que… tu as besoin de beaucoup d'argent ? … La drogue ?

– La drogue, non. L'argent, plutôt.

– Ah… Bon, raconte.

– Je suis mariée. Mon mari est atteint d'un cancer très rare, et il doit se faire opérer aux États-Unis. J'ai dû louer une grande partie de ma maison. Maintenant, je demeure dans mon propre sous-sol.

– Je vois… Je suis médecin spécialiste ; je peux t'aider.

– Merci, mais… il va bientôt guérir. Enfin, j'espère.

Rachid donna quand même sa carte à Marie-Ange. Il espérait qu'elle viendrait.

Le lundi matin qui suivit, il donna sa démission à l'improviste. Il prit le temps, cependant, de transférer ses dossiers à un nouveau collègue.

Peu de temps après, il partit faire le tour du monde, un sac sur le dos et une nuit dans le cœur, celle de cet étranger qui était toujours lui, mais avec un sexe entre les jambes.

Le Domenico de mes rêves

C'était un vendredi. J'avais eu une journée harassante au bureau. Des clients, un couple dans la trentaine m'avaient quasiment forcée à leur faire visiter une maison, cinq minutes avant que je ne mette la clé sur la porte. J'étais terriblement tendue. C'était leur troisième visite, et ils n'arrivaient toujours pas à s'entendre sur leur choix. J'aime bien mon métier ; mais parfois, être ailleurs que dans les chaussures d'un agent immobilier me conviendrait bien.

19 h. Enfin chez moi ! me dis-je. J'attendais des invités pour le samedi soir, et je voyais comme une montagne infranchissable le nettoyage de la maison et les courses à faire pour recevoir tout ce beau monde. Je téléphonai à ma femme de ménage, Flora, pour lui demander son aide. Mais elle partait à l'instant même pour l'aéroport, son frère arrivait d'Italie dans la soirée. J'en fus un moment désappointée, car elle seule aurait pu me prêter main-forte. Il me fallut donc me résoudre à nettoyer toute seule la maison de fond en comble. Vers 23 h 30, au moment où je m'apprêtais enfin à passer au lit, le téléphone sonna, c'était Flora.

– Bonsoir Anne-Laure, c'est moi ! Tu as réglé le problème ?

– Ça va. J'ai fait le ménage en grand, et demain, je me mets à mes casseroles.

– Tu sais, pendant que j'attendais, j'ai réfléchi. Mon frère et moi, nous pourrions t'aider dans la matinée, si tu veux. Domenico est restaurateur en Italie. Il pourrait te concocter une recette en moins de deux !

– Ah ! Ça, c'est une idée ! Mais ça me gêne un peu pour ton frère. Il vient en vacances, tu dis ?

– Tu n'as pas à te gêner. C'est lui qui te le propose.

– Remercie-le de ma part, mais… Au fait, il est venu seul ? Il n'a pas de copine avec lui ?

– Non, pas du tout. Il est célibataire. D'ailleurs, je lui ai déjà dit combien tu es adorable. Et seule, toi aussi. Il a vraiment hâte de te voir.

– Bon ; alors, c'est d'accord.

– Ça va, on sera là. Dors bien.

Je ne parvenais pas à le croire. J'allais faire connaissance avec un bel Italien (…beau, enfin peut-être) et en plus, il allait me faire la cuisine ! Je fermai les yeux pour m'endormir, en essayant de fixer sur mon écran mental un visage et un corps fictifs. Il devait porter des jeans moulants, ceinturé cuir d'Italie, et une chemise blanche à la napolitaine, sur laquelle était imprimée une grande étoile bleue où était écrit Restorante Domenico. Sa crinière noire bouclée, et son visage basané lui donnait un air macho, et j'adore ça. En tout cas, j'espérais bien ne pas être déçue. Et ma nuit fut fort agitée : j'avais plié bagage, et je vendais des maisons quelque part en Italie.

Le lendemain matin, j'ouvris ma porte sur une Flora resplendissante et un Domenico d'une beauté fascinante. Bermuda décontracté et t-shirt de marque, sourire à la menthe et parfum subtilement excitant, mon italien de rêve, quoi ! « Bella ! » me fit-il d'entrée en me serrant dans des bras virils et tatoués, « Les amies de ma sœur sont aussi mes amies, ma che ! » Quelle chaleur, cet homme ! Quel accent ! Je l'aurais bien mis en conserve comme un de ses antipasti !

Aussi vite qu'il est humainement possible de faire tourner une mayonnaise, il s'inséra dans ma cuisine. En un tour de cuillère et de couteau, quelques aliments se retrouvèrent dans des cocottes, d'autres furent mis à macérer en attendant de subir les affres du four ou la braise du barbecue. En le regardant faire, je mijotais mon plan pour le garder au chaud pour que mes prochaines vacances, qui devaient débuter la semaine d'après, soient des plus mémorables.

Effectivement, le diner fut exquis. Après que mes invités furent partis, j'offris à Domenico de prendre un peu de détente dans mon spa. J'avais demandé à l'un de mes convives de bien vouloir reconduire Flora, qui prétexta des maux de tête pour s'éclipser. Nous étions donc enfin seuls. Un verre de cognac à la main, un clair d'étoiles comme ciel de lit, deux paires d'yeux qui se fixent, des mots légers qui se marient avec les papillons de nuit : il n'en fallut pas plus pour que l'alchimie se produise. Il s'est avancé vers moi, a levé haut son verre. Nous avons fait cul sec de notre cognac, lancé les verres dans le gazon, et mélangé notre salive à cette douce mixture qu'il nous restait en bouche. Sublime, comme apéro ! Sa langue ajoutait à la finesse du repas le goût de son palais. Ses mains modelaient mon corps avec soin, pétrissaient mes rondeurs comme une pâte à pizza, jusqu'à l'envoutement. Je lui pris la main, et l'attirai vers la piscine, où l'on plongea pour nous rafraîchir de cette chaleur qui nous montait au corps. Nous frétillions l'un à côté de l'autre comme des poissons en train de frayer. Tantôt, il tournaillait en m'attrapant la jambe, tantôt me saisissait par les hanches de ses jambes musclées, tout comme j'imaginais que pouvait le faire un maquereau sorti de son banc pour aller dévorer des sardines. Mais si j'étais ravie et conquise par ces gamineries, j'hésitais encore. Je ne le connaissais que depuis quelques heures à peine, et je savais qu'il repartait dans quelques semaines. La veille, je désirais me le farcir, et aujourd'hui je n'en étais plus tout à fait certaine. Je finis par lui avouer mon désarroi, mais il répliqua sans sourciller qu'il ne pouvait rester insensible à ma beauté, qu'il fallait toujours vivre au présent. Aussi insouciant qu'un Italien de carte postale peut l'être.

– Tu me gardes à dormir, bellissima mia ?

– Chez moi ? Quel honneur ! Mais oui ; bien sûr, je te garde. Et pourquoi pas dans mon lit ?

– Je serai ton esclave, fit-il presque solennel. Jusqu'au bout, tu verras.

Au sortir de la piscine, il m'attendait en chevalier servant, une serviette de plage dans les mains, prêt à me cueillir. Il faut dire que la serviette eut du mal à rester longtemps sur moi, tellement ses mains insatiables vagabondaient sur ma peau déjà électrisée par un tel prélude amoureux. Je passai devant lui pour lui montrer le chemin, mais lui n'arrêtait pas de me chatouiller les mollets par-derrière. Nous avions vraiment l'air de deux adolescents en train de s'esbaudir. Parvenus dans ma chambre, je m'éclipsai une seconde dans la salle de bain pour me refaire une beauté, mais à mon retour, il s'était déjà glissé d'autorité sous les draps, en s'appliquant ostensiblement à ronfler avec bruit. J'en éclatai de rire, constatant à quel point il était incapable de rester sérieux plus d'une demi-minute. Je m'insérai précautionneusement à ses côtés, posant sciemment mes pieds froids sur son corps chaud pour le taquiner à mon tour. Il se retourna vivement, et se mit à me masser les extrémités jusqu'à les rendre brûlantes. Puis, il poursuivit son massage sur mes mollets endoloris par cette journée épuisante, s'arrêtant, revenant, sur le petit creux situé derrière le genou. Ces prémices montaient ma température, mon corps tremblait de partout. Il vint enfin poser ses lèvres sur le haut de mes cuisses, tout en les massant vigoureusement, puis gagna de la langue l'intérieur de mes fesses, qu'il se mit à agiter avec puissance. Je me retournai sur le dos, sous le reflet de la veilleuse, le regardant dans les yeux en souriant à demi, pour lui montrer mon plaisir. L'air ému, il glissa alors ses lourdes mains sur mon ventre tendre, et se mit à caresser longuement ma peau impudique qui s'offrait à lui. Descendant subrepticement, il commença à frictionner ma toison, pour aboutir à la corolle enfiévrée de mon ventre, qui s'épanouit sous ce doigté divin. J'entourai son cou avec passion, et m'abîmai dans un baiser sans fin. Puis, emportée par un affolant désir, je m'emparai à pleine main de son organe qu'il n'avait pas encore découvert, pour lui administrer à mon tour une longue caresse de reconnaissance de bouche à queue. Durant ma prestation, il caressait mes cheveux avec tendresse, pressant ma tête contre son membre, jusqu'aux grandes eaux de son orgasme. Repus tous les deux, le sommeil tomba sur nous dans le soulagement du plaisir.

Mais au milieu de la nuit, je m'éveillai en sursaut. En ouvrant les paupières, je me rendis compte que Domenico devait me regarder dormir depuis un bon moment. Mais il me regardait, comme on regarde une étoile qui brille dans le ciel de l'espérance. Je lui souris, et lui demandai de me masser le dos. Lorsque je sentis ses mains recouvertes d'huile chaude me caresser des omoplates au coccyx, je me laissai aller à jouir sans plus aucune retenue. Assis à califourchon sur mes cuisses, ses bourses de nouveau pleines posées exactement au confluent de mes deux fesses, il recomposait chaque courbe de mon corps avec une sorte de vénération. Tantôt il glissait ses doigts jusqu'à mes seins exaspérés d'attendre, tantôt il passait un pouce dans un, puis dans l'autre de mes orifices C'était sublime. Au bout d'un très long moment, comme par inadvertance, il planta sa saillie en douceur dans mon réceptacle des voluptés.

Le lendemain matin, après une nuit aussi remplie, je le reconduisis chez Flora. Depuis l'embrasure de la porte, elle m'observait en souriant.

De retour au bureau, je dus recommencer à trois reprises l'offre d'achat de mon irascible client. J'étais absolument incapable de me concentrer. Trente heures seulement, pour laisser un homme s'immiscer dans ma vie et dans ma tête. J'avais beau chercher, je n'avais aucune souvenance d'une nuit aussi magique. L'Italien que j'attendais s'était bien produit.

Je ne le revis pas ce jour-là ; ni non plus les quelques jours qui suivirent. Il me fallait prendre du recul. En outre, j'avais des dossiers à finaliser avec mon associée avant de partir en vacances. Enfin, le mercredi suivant, après analyse de cette si belle rencontre, je laissai parler mon cœur, et l'invitai à passer la soirée en ma compagnie. Ce furent une soirée et une nuit aussi mémorables que la précédente. Dans la verrière donnant sur le jardin fleuri, sous un ciel plein d'étoiles, nos âmes se rencontrèrent quelque part aux marges de la voie lactée.

Il en fut ainsi, jusqu'à ce qu'un jour, il parte pour sa lointaine Italie. Mais je n'espérais de lui que le moment présent ; son départ sonnait pour moi comme la fin d'un cycle de vie qui devait peu durer. Pourtant, que de fois, il avait tenté de parler d'avenir ; et que de fois, je l'avais fait taire…

Le jour où il devait prendre son avion, j'avais même refusé de le voir. Je n'aime pas les départs.

Ce fut beaucoup plus tard, que je reçus cette lettre, accompagnée d'un bouquet de roses.

Ma chère Anne-Laure,

Je pourrais commencer ma lettre par des remerciements pour m'avoir si bien accueilli dans ta maison, mais pour l'instant je me retiens. J'avais espéré que les quelques semaines remplies de bonheur que nous avons partagées soient un gage certain de notre amour. Combien de fois ai-je tenté de t'ouvrir mon cœur, et combien de fois l'as-tu refermé sans le vouloir ? J'aurais aimé que tu me gardes auprès de toi. J'aurais été ton pantin, ton amuseur, ton esclave, ton chauffeur, ton cuisiner, et quoi encore… ?

Aujourd'hui, je te dois la vérité : je n'ai pas de restaurant en Italie, enfin je n'en ai plus, parce que j'ai tout perdu au jeu. Je ne vais pas rentrer dans les détails de mon arrivée dans ce pays, mais tu dois savoir que je vais rester au Québec.

Je garde en moi des souvenirs inoubliables. Et si un

jour tu veux bien me pardonner pour ce mensonge,
tu pourras toujours me retrouver par Flora.

Ton Domenico xx

Anne-Laure lut et relut la lettre. Pour finalement la déchirer en mille morceaux. D'un seul coup, elle venait de perdre et sa femme de ménage, et le souvenir d'un amour, au départ si léger.

Justine et le net

Assise bien confortablement dans son fauteuil, à écouter la nouvelle version de *Love me tender*, Justine pensait à une manière de rendre sa vie plus agréable et plus vivante. De son métro-boulot-dodo, elle en avait plus qu'assez. Un changement, un gros changement dans sa vie, c'était ce dont elle avait besoin. Elle décida donc de faire maison nette. Quand on ne peut pas quitter son travail parce que les conditions y sont supérieures à n'importe quel commun des mortels, il faut bien trouver autre chose. Alors, Justine décida de vendre sa maison, ainsi que tous ses meubles. Compte tenu de la situation économique favorable, des taux d'intérêt au plus bas, là maison se vendit en moins de deux semaines, et Justine en profita même pour en tirer un profit substantiel. Substantiel, mais absolument nécessaire à l'achat de ce super condo dont elle rêvait depuis des années.

Mais un mois jour pour jour après son emménagement dans son superbe appartement du Plateau-Mont-Royal, Justine, les yeux rivés sur la montagne, se cherchait pourtant encore. Même dans ce nouveau décor somptueux, elle n'arrivait pas à saisir le manque qui l'obsédait. Un soir, en lisant les nouvelles sur Internet, elle vit une publicité : plus jamais seule… Elle se mit à cliquer sur le lien, et aussitôt surgirent toutes les informations pour adhérer à un site de rencontres. « Pourquoi n'y ai-je pas pensé plus tôt ? C'est peut-être d'un homme, dont j'ai besoin ! » Après avoir perdu 10 ans de sa vie avec Clément, Justine avait tiré un trait sur sa vie amoureuse. Elle

avait tant souffert de l'immaturité de son ex !
Jouer à la maman avec son conjoint, quel bou-
let ! De toute façon, le sexe avec lui avait très
vite perdu tout intérêt. Mais insidieusement,
en y repensant, l'émotion, la sensualité et
l'érotisme de leur première fois lui revinrent
soudain à l'esprit.

*C'était un dimanche. Clément avait invité
Justine à visionner un film qu'ils s'étaient promis
de voir en toute amitié. Mais rien n'arriva comme
prévu. À peine avaient-ils franchi le seuil de la
demeure, qu'elle se sentit comme inondée par une
véritable explosion d'ondes et de vibrations de
toutes sortes… Elle le revoit, refermant la porte
rapidement, et la verrouillant derrière lui. Il se
retourne, la regarde tendrement, la prend par la
taille, et l'attire à lui. Et là, dans le vestibule, il
approche sa bouche de la sienne, et l'embrasse
goulûment, suavement ; comme si c'était le
dernier baiser de sa vie. Ce qu'elle ressent alors lui
est particulier. La sensualité de Clément l'excite
et la surprend. Jamais, elle ne l'aurait imaginé
ainsi. Elle se déchaîne à son tour, lui retire sa*

chemise sauvagement, et détache la ceinture de son pantalon. Lui, glisse la langue dans ses oreilles, la faisant frissonner de la tête au pied. Il lui détache son soutien-gorge, relève son chandail, puis va chercher sa poitrine d'une main impatiente, l'attire contre sa bouche. Elle, lui descend la fermeture éclair, en tressaillant aux morsures de sa bouche au bout de ses seins. Puis, comme deux enfants, ils se jettent sur le sol, sans cesser leurs voluptueuses caresses. Clément retire son jean, découvrant une verge prête à exploser, prend sauvagement la tête de Justine, et la fait sucer. Elle le lèche et le lèche encore et encore, le mordille de façon animale, étreignant à pleine main ses testicules, comme pour les lui prendre. Mais pour faire durer le plaisir, il se retire avant l'extase, et l'amène droit vers son grand lit, drapé de blanc. Folle de désir, Justine invite Clément à la pénétrer, mais il n'est pas prêt. Il lui demande cependant de rester immobile ainsi, les jambes écartées et les bras sous la tête. Il reste debout devant elle à ses pieds, en se caressant le membre, admirant la vulve offerte, avide, émouvante de Justine. Avec adresse, il lui place sur le clitoris et entre les replis de sa vulve, *une cerise de terre qui était sur le lit, et lui demande de serrer les jambes. Elle le regarde, un moment surprise, mais finit par clore ses paupières : car elle veut absolument rester dans l'exaltation de ce désir. Alors, Clément lui caresse le ventre, effleure cette vulve torride tendue vers lui. Il prend une plume d'autruche, lui caresse l'entrecuisse. Plus cela dure, et plus elle serre les jambes. Son vagin se crispe, les lèvres de son ventre tressaillent ; elle halète, puis finit par jouir. Alors, il lui écarte les cuisses en éventail, et la pénètre tout doucement, dans une satiété muette. Le rythme s'accélère ; il danse et danse en elle. Elle se cramponne aux barreaux du lit, cherche la jouissance, tout en lui maintenant férocement les hanches. Elle hurle, hurle de joie, gardant emprisonnée dans son vagin cette verge affolante. Et leurs liqueurs fusionnent jusqu'à épuisement.*

... Mais au fond, pourquoi encore chercher une nouvelle relation ? Pour à nouveau ces compromis, ces réveils saumâtres, ces éternelles frustrations ? Justine avait beau analyser dans tous les sens les sources d'agréments et de désagréments, elle voulait décidément un homme. Un avec des poils et de la sueur virile, avec appendice entre les jambes qui la ferait vibrer. Et puis, cette fois, la chance lui sourirait peut-être. Elle trouverait l'amant idéal ; sur catalogue.

Elle commença à remplir la fiche de renseignements, et au fur et à mesure que cette dernière s'allongeait, Justine avait quelques doutes sur le sérieux de son adhésion. Quand arriva le moment de se décrire, elle resta muette devant le clavier. Que dire ? Pourtant, je me connais bien, se disait-elle intérieurement. Elle remisa sa page au niveau inférieur de la fenêtre de son ordinateur, et le mit en veille pour la nuit. Ce ne sera pas pour aujourd'hui, se dit-elle.

Au petit matin, Justine se réveilla mouillée presque de la tête aux pieds. Elle avait rêvé d'un homme qui se baignait avec elle, et la fièvre du désir s'était emparée d'elle. Bien qu'à moitié éveillée, elle sentait son vagin carrément liquéfié. Elle avait joui. Son clitoris remuait encore. S'était-elle caressée durant son sommeil ? Elle ne s'en souvenait plus, mais l'homme qu'elle avait vu en rêve l'avait ensorcelée.

Pour Justine, c'était un signe. Il fallait qu'elle s'inscrive. Elle revint sur sa description non terminée de la veille :

Aphrodite de 35 ans cherche son Arès pour possiblement engendrer des « Harmonie, Éros et Antéros » si la chimie existe et si les acteurs se plaisent dans les affres et les mille douceurs de la quotidienneté. Si tu as le goût de t'émerveiller devant une fleur qui éclot et qu'à la fois tu peux transporter des montagnes pour ton amoureuse et ta progéniture qui viendra agrandir ton foyer, alors tu es pour moi. Si tu cherches une femme qui peut se transformer en maîtresse pour toi, en professionnelle ou en mère pour ses enfants, tu m'as trouvée. Si tu accordes autant d'importance au couple qu'à la famille, contacte-moi, nous sommes faits l'un pour l'autre.

Justine relut son texte, sans être convaincue de sa pertinence. Voulait-elle un amant ? Vraisemblablement, ses propos annonçaient son désir d'une relation stable et sérieuse. Elle prendrait ce qui se présenterait. Pourquoi en dire plus ? La photo parlerait d'elle-même. Pour en finir avec son adhésion, elle choisit une photo qui l'avantageait dans ses formes, mais qui ne mentait pas. Elle envoya le tout subito presto, afin de se retrouver sur la liste. En fait, ce qu'elle espérait, c'était de rejoindre le plus d'hommes possible pour se créer un répertoire, clavarder, et ainsi, se donner des chances de rencontrer quelqu'un, de fuir l'ennui, la mélancolie et tout ce qui s'y rattache.

Le lendemain matin, Justine se réveilla plus tôt qu'à l'habitude. Tout excitée, elle se rendit directement à son ordinateur, pour vérifier si elle avait des messages. Juste ciel ! Un message... de bienvenue... seulement. Aucun autre, pas même un tout petit clin d'œil. En toute logique, le meilleur moyen d'en recevoir était d'en envoyer. Elle s'enquit donc de passer en revue la nomenclature du site. Ses premiers critères : la scolarité, l'apparence, la syntaxe, fautes d'orthographe en moins naturellement.

Et vlan ! Au suivant ! Au suivant ! Au……… Suivant ! ! ! ! C'en était décourageant pour Justine. Après avoir lu une cinquantaine de descriptions et analysé plus de cent photos, elle se rendit compte qu'elle était on ne peut plus en retard pour son travail. Aurait-elle besoin d'un petit congé ? Mais oui. Pourquoi pas ! Allez, on continue. Celui-là, oui. Un petit clin d'œil. Celui-là, non. Et ainsi de suite jusqu'à ce qu'elle arrive sur un latino scolarisé et d'apparence agréable, qui laissait dans une brève description son adresse internet.

Bonjour, je m'appelle Sergio. Je ne suis pas un membre permanent, par contre si tu veux m'écrire, je me ferai un plaisir de te répondre. Si tu me plais bien, j'aimerais te rencontrer et échanger avec toi. Mon adresse est : soleil de minuit en espagnol que tu ajoutes à mon prénom sans espace,

puis tu ajoutes une arobase additionnée du serveur
le plus chaud d'Internet.

A bientôt amor

Sergio xx

Enfin ! se dit Justine. Facile à décoder :
sol de la media noche, sergio. Donc,
sergiosoldelamedianoche@hotmail.com,
maintenant passons au message.

Bonjour Sergio, je m'appelle Justine.
Ton profil m'intéresse et je l'avoue, ta photo m'a
inspirée. Je t'invite à lire ma description, et si cela
te convient, écris-moi. J'attends de tes nouvelles.
Justine

À peine cinq minutes plus tard, Justine
recevait un message qui l'invitait à se rendre
sur MSN pour clavarder avec Sergio. Ce
dernier, après être passé aux préliminaires
virtuels avec grâce, mais aussi avec une
rapidité inouïe, demanda à la voir le plus tôt
possible. Elle refusa sur-le-champ, prétextant
que durant la semaine, elle ne sortait pas. Il
affirmait avec tant de conviction que la vie

était courte et qu'il fallait vivre le moment présent, que sous la pression, Justine se laissa convaincre. Après tout, elle avait pris congé. Autant que ce soit pour quelque chose. Ils se donnèrent donc rendez-vous près d'une station-service du Nord de Montréal. Sergio monta dans la voiture de Justine, et ils convinrent d'aller prendre un verre dans un estaminet de la rue Fleury. Sergio était documentariste, et Justine avait toujours adoré les documentaires. Elle l'écoutait religieusement parler de ses exploits et de ses difficultés à obtenir des subventions, tout en pensant par instants que plutôt que de l'entendre étaler ses platitudes, elle aurait bien glissé une main dans son pantalon pour mesurer l'engin. Mais une fois épuisées les banalités d'usage et de pure forme, il en vint aux propositions intéressantes :

– J'aimerais ça, si on allait s'explorer.

– Excuse-moi. S'explorer, c'est quoi ?

– S'explorer ! Se toucher, s'embrasser, si tu veux ! C'est bien beau parler, mais il faut commencer quelque part, pas vrai ?

Justine le considéra, perplexe. Elle le trouvait quand même un peu rapide. Mais comme elle n'avait pas baisé depuis presque un an, elle était mûre pour une bonne baise, bien sauvage si possible. Sergio avait choisi de l'amener au Parc de la Visitation. En marchant, Sergio prit Justine par la taille d'un air désinvolte. Dans le soleil d'après-midi ensoleillé, elle ne se sentait que désir ; elle se demandait s'il ne lui offrirait qu'une pipe, en attendant qu'ils se revoient.

Sergio la tira vers lui, la colla dos à un arbre gigantesque, et l'embrassa à bouche que veux-tu. Il se mit à lui manger goulûment les oreilles. La tête lui en tournait. Ensuite, il glissa sa main sous sa jupe, « ouf ! », dégagea son g-string, et introduisit ses doigts directement dans son canal érotique, en effectuant un mouvement de va-et-vient. Elle se mordait les lèvres pour s'empêcher de crier. Justine chuchota à son oreille : « lentement, lentement... va plus lentement... ». Mais lui cherchait obstinément son point G pour la faire jouir. Elle tenta de lui faire retirer sa main, mais il insista. Vaincue, Justine s'abandonna. En atteignant l'orgasme, elle se sentit à deux doigts de s'évanouir. Lorsqu'elle reprit ses esprits, elle s'aperçut qu'un vieil homme les avait observés depuis probablement le début de cette scène. Outragée à la pensée de s'être laissée surprendre, elle voulut montrer son savoir-faire au méprisable voyeur. Elle détacha la ceinture de Sergio, baissa sa fermeture éclair, et prit bien en mains sa virilité brûlante d'émotion encore contenue, mais dont les premières larmes perçaient déjà au bout du gland exorbité. Elle l'attira par terre, et se mit à pomper son membre passionnément. Il l'arrêta net, la fit asseoir sur lui en lui ouvrant largement la fente, et enfonça de toutes ses forces sa verge au plus profond d'elle. Justine se plaçait de manière à ce que le voyeur puisse voir le pénis entrer et sortir de son ventre. Leurs respirations haletantes, bestiales, devaient retentir à mille lieux à la ronde.

Justine se retourna vers le voyeur. Il n'y était plus. Sergio sortit une petite gourde de sa poche, et lui offrit à boire. Elle en avala tout le contenu sans penser au partage. Lorsqu'ils arrivèrent à la voiture, Sergio prit le volant, et sans rien annoncer, la mena dans une maison de Notre-Dame-de-Grâce. Justine riait sans arrêt, point surprise le moins du monde de se retrouver au milieu de nulle part.

La maison où ils entrèrent, et que Sergio semblait connaître, était somptueuse. À l'intérieur, de magnifiques draperies aveuglaient les fenêtres, comme s'il s'agissait d'une maison close. Des appareils cinématographiques reposaient là, sur une table. Sans un mot d'explication, Sergio offrit à Justine un grand verre de brandy, qu'elle dégusta à petits coups, vautrée dans un fauteuil. Et tout à coup, dans un rêve, deux hommes qu'elle n'arrivait pas à distinguer l'invitèrent à s'étendre sur un lit. Puis, plus rien. Le néant.

Le lendemain, elle se réveilla chez elle, un peu

embrouillée, les seins douloureux et le sexe irrité. Il y avait une note : « Bonne journée ! » sur la table de la salle à manger, et un DVD. Elle le plaça aussitôt dans le lecteur. Et ce qu'elle vit la réveilla en sursaut. Elle était assise à califourchon sur un individu, une verge fichée dans son vagin. L'homme, dont on ne distinguait pas le visage, la maintenait fermement par les cuisses, en la faisant sauter sur lui pour mieux enfoncer son sexe. Cela dura interminablement ; puis un autre individu se présenta. Lui aussi, avait un visage trop flou sur l'écran pour qu'on puisse distinguer ses traits. Il vint s'asseoir calmement à côté de leurs ébats, tourna vers lui la tête de Justine, et lui enfonça dans la bouche sa bite épaisse et sombre. Il l'avait si poilue, que Justine en avait des brassées autour de la bouche, mêlées à sa propre salive. Après quoi, lorsqu'il sembla satisfait, il vint se placer derrière elle pour la pénétrer. En même temps, il lui malaxait les seins. Enfin, il introduisit sa verge huilée dans son anus, avec une ostensible délectation. Justine se laissait pénétrer par toutes ses ouvertures sans réagir. Il y eut ainsi quatre hommes tour à tour. Quatre individus, dont le visage demeurait invisible. À présent, il lui était évident qu'on l'avait droguée, mais elle ne se souvenait absolument de rien. Elle fut prise alors d'un irrépressible haut-le-cœur, une envie de vomir.

Le lendemain matin, elle se fit teindre les cheveux, s'acheta de nouveaux verres, et changea sa garde-robe. Plus jamais, elle ne retourna sur le net.

Le Diamant bleu

– Bonjour ! Je m'appelle Michael Viens.
J'ai un rendez-vous avec le docteur Seks.

– C'est votre première visite ?

– Oui.

– Ce sera cent dollars pour la consultation.
Vous devez remplir le questionnaire qui
suit, et le remettre vous-même au médecin.
Asseyez-vous, on vous appelle.

Je me souviens de cet instant comme si
c'était hier. J'étais assis à attendre, tournant
machinalement les pages d'une revue sans

rien lire, tellement ma nervosité était grande. Mais quand je tombai par hasard sur une annonce de condom, mon estomac se crispa, des crampes au ventre me rappelèrent que j'avais un corps. Je me ressaisis, et tachai de me remémorer combien mes performances sexuelles étaient décevantes. Au point même de ne plus être très sûr de pouvoir nommer phallus ce qui me servait de terminal des fonctions reproductrices. Il me revint à l'esprit une fois où un collègue de travail m'avait présenté une fille fort sympathique et aguichante ; une à vous mettre en érection instantanée un anorexique de la jambe en l'air. Grande, mince, yeux bleus, cheveux or platinés, elle avait tout pour enfiévrer le badaud côté fesses. Je crois bien que c'est là, que tout a commencé.

Il était 16 h, lorsque j'arrivai à son appartement du centre-ville. C'était la deuxième fois que je la voyais, et toujours fasciné par ce regard flamboyant, ce déhanchement de la croupe à vous damner un moine. Elle m'accueillit avec un petit verre, mais comme j'étais installé avec elle sur son divan, je me pris à remarquer les toiles qui décoraient les murs de son salon. Elles représentaient toutes, sans exception, les différentes étapes de la copulation, depuis les prémices jusqu'à l'orgasme. Il y en avait huit au total, et trois d'entre elles affichaient des positions que je n'avais pas encore eu ni l'occasion ni même l'idée de pratiquer. Elle vint s'asseoir tout près de moi, nous levâmes nos verres pour un « salud ! » qui me parut déjà comme une invitation. Ce soir-là, nous devions aller au cinéma, à la représentation de 17 h 30, et nous avions amplement le temps de savourer l'instant. Je ne saurais vous dire comment c'est arrivé, mais nous nous retrouvâmes nez à nez, et elle me fit un bouche-à-bouche qui augurait déjà d'une puissance sexuelle hors du commun. Pour commencer, elle prit un malin plaisir à me surexciter, en me léchant et en me mordillant les lèvres, la langue et les oreilles ; en frottant ses seins alourdis tantôt sur mon visage, tantôt sur mon torse. En fait, je ne m'attendais pas du tout à une telle furie, et aucune femme jusqu'alors ne s'était révélée avec moi aussi dévorante, je dirais même carnassière. Mon sexe était bien en érection comme il est normal dans une telle situation, mais je n'étais pas encore prêt à la pénétration. Pour moi, c'était trop vite. Puis elle commença à me déshabiller en hâte, et si violemment, que j'avais l'impression d'essayer d'engrosser une catcheuse… Elle tenta de me retirer mon chandail, et finit par abandonner. Elle ne m'avait même pas laissé le temps de retirer mes verres, j'étais coincé, apeuré, et rien ne passait. Puis, elle en vint sans transition au corps des ébats, le pantalon. Détacha d'abord ma ceinture avec une rudesse telle, que je me demandais si elle n'allait pas l'enlever pour me fouetter avec, en prenant bien soin que la boucle me transperce l'épiderme. Ensuite, lorsqu'elle baissa ma fermeture éclair, je lui retirai les mains rapidement, de peur qu'elle ne me coince la peau du pénis. Sans préambules superflus, elle m'enfourcha à la hussarde, me cavalant frénétiquement, jusqu'à me rendre tout étourdi, dans la terreur de perdre ma précieuse érection. Et en même temps, j'avais l'angoisse d'éjaculer avant de la faire jouir. J'eus tôt fait de me rendre compte qu'elle s'activait sur mon maigre pointement génital, sans la moindre considération pour les sentiments que je pouvais éprouver. Moi, j'aurais nettement préféré faire l'amour doucement, tendrement et passionnément, sans précipitation. Rien de tout cela n'arriva, et je perdis rapidement le bénéfice de la surrection que j'avais réussi à maintenir tant bien que mal jusque là. Quand elle ne put plus rien faire pour poursuivre son plaisir, elle me cria tous les noms possibles et impossibles : guenille, mollusque, ver de terre et j'en passe. Il ne me restait plus qu'à déguerpir, ce que je fis avec célérité, avec la superbe d'un vaincu fuyant l'arène avant d'être hué par la foule.

Il va de soi que, dès ce moment-là ma libido se retrouva sur le tapis. J'avais tellement perdu confiance en moi, que je n'arrivais pratiquement pas à garder une érection plus de cinq minutes. Quel désastre et quelle honte !

En entendant mon nom, je sortis de mon cauchemar. Le docteur Seks me fit asseoir et me questionna sur l'objet de ma visite. Je lui racontai un peu l'histoire de la nymphomane que j'avais rencontrée deux années auparavant, laquelle m'avait tragiquement extirpé tout appétit sexuel. Je lui avouai que depuis cette expérience, la peur de revivre ce sentiment d'impuissance me pourchassait.

– En fait, ce que je voudrais, docteur, c'est quelques pilules bleues en forme de diamant. Vous voyez ce que je veux dire ?

– Bien sûr, bien sûr ; du Viagra. Mais, hem… ! Croyez-vous vraiment que c'est ce qu'il vous faut ? Je pense plutôt… à un psychologue ! Il pourra vous sortir de cette torpeur sexuelle ; surtout si vous me dites que c'était la première fois que cela vous arrivait, n'est-ce pas ?

– Ce qui me pousse à venir vous voir aujourd'hui, c'est que j'ai rencontré récemment une femme qui a toutes les qualités pour me rendre heureux. Mais voyez-vous, j'hésite à me rapprocher d'elle, j'ai trop peur de la décevoir. Et d'un autre côté, si je n'agis pas maintenant, elle va finir par se lasser de moi.

– En ce qui concerne votre état de santé, et d'après les informations que vous avez fournies dans votre fiche, je ne vois absolument aucune contre-indication. Je vous donne la dose minimale, vingt-cinq milligrammes. C'est très suffisant pour le moment. Simplement, c'est votre confiance en vous qui est partie à cause de cette expérience. Mais croyez-moi ; quand on trouve sa perle, tout finit par s'arranger. Vous verrez !

Michael sortit de chez le praticien, sa prescription dans les mains, rasséréné et de nouveau sûr de la vie. Une heure plus tard, il avait en poche sa potion d'espoir et de libido heureuse.

Midi. L'heure où Gabrielle sortait de sa boutique pour sa pause déjeuner. Michael se dépêcha de la rejoindre, un bouquet à la main.

– C'est pour moi, ces fleurs ?

Gabrielle l'en remercia d'un long baiser.

– Gabrielle, tu as quelque chose à faire, demain soir ? Comme on sera samedi, j'ai pensé qu'on pourrait manger chez moi. Vers les 18 heures ; ça va ?
– 18 heures, c'est un peu tôt. 19 heures ?

Le cœur rempli d'espoir, Michaël repartit vers sa voiture. Il gribouilla son menu, et alla faire ses courses, avec un enthousiasme et des certitudes comme il n'en avait plus depuis longtemps. Filets mignons, champignons raffinés, pomme de terre au four, asperges, fromage, apéro, digestif et vins précieux dignes des plus fins connaisseurs.

Le lendemain, 18 heures quarante-cinq, la sonnette retentit au milieu d'une musique de Pink Martini. Gabrielle fit son apparition, parée d'une robe fleurie, avec à la main un sac enrubanné de rouge. Pour lui, ce grand soir se devait d'être parfait. Ses deux pilules bleues salvatrices attendaient sagement sur la table de chevet : viagra en cas de panne, et synthroïde pour le lendemain matin. Il la prit par la taille, l'embrassa avec ferveur, et la fit passer au salon. Mais avant de s'asseoir, il lui fit visiter la maison. En sa présence, Michael sentait la testostérone lui courir dans les veines ; car plus il la regardait, et plus cette femme l'inspirait. Il avait envie d'elle, envie d'un corps à corps engageant. À quelques reprises durant le souper, tout en lui disant des mots doux, il s'empara de ses mains, les caressa, et les porta à ses lèvres. Lorsqu'il se levait de table pour aller chercher un plat à la cuisine, il lui passait une main dans le cou. Toutes ces marques de tendresse faisaient fondre le cœur de Gabrielle. Une connexion palpable s'établissait entre eux, une fusion invisible, quasi initiatique.

À la fin du repas, Gabrielle s'offrit pour servir le thé. Au moment où elle s'approcha de Michael avec la théière, il la prit dans ses bras, et l'assit sur lui. Il n'en pouvait plus d'attendre. Michael se sentait renaître, comme si sa jeunesse avait repris le dessus. Il était en érection et en confiance, parce qu'il savait sa petite pilule bleue posée sur sa table de nuit. Il prit Gabrielle dans ses bras, et la transporta jusqu'à son lit. En reprenant leurs étreintes, il attrapa discrètement l'une des pilules, et l'avala sans réfléchir. Il défit le cœur battant le nœud de son corsage, les rubans des œillets de sa robe, puis dégagea ses seins suaves, emmaillotés sous une fine dentelle blanche. Lui ôta sa robe avec dévotion. Elle se cambra de plaisir, frémissante sous le souffle de Michael. À son tour, elle lui enleva sa chemise. Sur le lit, elle s'installa au milieu de ses jambes, défit sa ceinture lentement, descendit sa fermeture éclair et lui baissa légèrement le pantalon, ce qui lui révéla l'envergure de l'organe viril qu'elle convoitait tant. Elle y passa une main un peu tremblante, puis le lécha passionnément. Pour l'aider, il ôta son pantalon les yeux mi-clos, et savoura cette interminable fellation.

Quand elle fut complètement rassasiée, Gabrielle présenta son sexe mouillé devant le visage de Michael. Sans hésiter, il saisit son bourgeon entre ses dents, puis entre ses lèvres, le massa de la langue, puis glissa deux doigts à l'intérieur de longue fossette qui semblait sourire entre le duvet soyeux. Elle prit presque aussitôt le rythme de la jubilation extrême, mais il s'y refusa. « Pas comme ça, dit-il ». Il la coucha sur le ventre, jambes écartées, et planta cette saillie qui le démangeait au plus profond de son vagin. Il s'activa, entra et sortit un peu, encore et encore, la retourna sur le dos, renfonça son organe jusque dans ses profondeurs toujours plus humides. Oui… Hhhhhhhen… oui… hennnn… ! Toute à son abandon quand la jouissance se dispersa quelque part au-dessus de leurs têtes, Gabrielle chercha les yeux de son amant. Ils se contemplèrent longuement, comme au miroir l'un de l'autre, en cet instant de plénitude absolue. Cependant, au bout d'un moment, Gabrielle demanda à Michael de lui donner à boire. Il prit le verre d'eau qui reposait sur la table, et constata que la petite pilule en forme de diamant était toujours là. Et il comprit alors, qu'au lieu de viagra, il avait pris la synthroïde. Il regarda Gabrielle, et lui dit : « Je veux te dire, mon amour. Désormais, tu seras… mon diamant bleu... ! ».

L'Occupant du spa

C'était le début d'une année nouvelle, et j'avais par conséquent pris une fois de plus une grande résolution : prendre soin de ma santé. Pour ce faire, je m'étais inscrite à la piscine de l'hôtel, et tous les jours, j'allais m'entraîner sur les appareils de musculation avant de passer à la piscine, au sauna puis au spa. C'était devenu mon 5 à 7 préféré. Aucun danger de prendre du poids.

Un soir de tempête de neige, je me retrouvai seule dans le jacuzzi, avec un individu apparemment insolite. Il passait le plus clair de son temps à entrer et sortir du spa ; et lorsqu'il était hors de l'eau, il s'arrangeait toujours pour exhiber une partie de sa fierté masculine. Je le trouvais par ailleurs totalement disgracieux, voire repoussant, et ses tentatives de séduction plutôt primaires me laissaient absolument froide, bien que je sois loin d'être frigide. Et lorsqu'il tenta d'entamer une conversation avec moi, je lui répondis sèchement, afin de couper court à toute velléité de relation pour moi sans grand intérêt. Il n'en tint pas compte, et ouvrit ses jambes encore davantage pour me troubler. J'aurais pu partir, et c'était peut-être ce qu'il voulait pour que je lui cède toute la place. Mais je restai impavide, bien déterminée à ne pas me laisser impressionner par ces approches de primate moyen. Je jetai un coup d'œil vers la piscine : un seul nageur, qui avait l'air de nous ignorer tout à fait. J'avoue avoir éprouvé un moment d'angoisse. Je sortis de la baignoire, mais en descendant la première marche, je vis qu'un homme venait se joindre à nous. Je m'essuyai le visage à l'aide de ma serviette, et m'empressai d'engager la conversation avec ce nouvel arrivant. Cela coupa sans doute ses effets à mon exhibitionniste, qui prit illico le chemin du vestiaire.

Ce ne fut qu'un peu après, que je réalisai à quel point mon sauveur était beau. En fait, étant habituellement timide avec les hommes qui me plaisent, n'eut été l'énergumène disgracieux qui venait juste de nous quitter, je serais probablement passée à côté de la bonne aventure. Cheveux ébouriffés, yeux enjôleurs, lèvres charnues, forte stature et maillot de bain : juste ce qu'il faut de provocateur, voire d'homme fatal. Et en plus, une voix caressante.

Je le regardai attentivement, et obéis à mon instinct qui me disait de lui faire confiance. Je lui racontai donc ma mésaventure, et galamment, il me proposa de m'escorter à ma voiture. J'en fus ravie ; d'autant que cela me laissait amplement le temps de l'apprivoiser si du moins il était libre. Durant la demi-heure qui suivit, j'appris qu'il s'appelait Gwendal, qu'il pratiquait le métier de boulanger/pâtissier à l'hôtel où il avait une petite chambre au rez-de-chaussée. Je lui dis que j'étais libraire, et que j'occupais mes journées à prendre soin de ce qui m'était le plus précieux : les livres. Quand je voulus repartir, il me reconduisit à ma voiture, que je voyais à peine sous l'amoncellement de neige. Comme il m'aida en outre à la dégager, je l'engageai à se réchauffer dans la voiture. Ainsi, nous avons continué à parler, comme si la terre avait cessé de tourner. Il m'attira vers lui, et m'embrassa. Ses mains errèrent sur ma poitrine, puis insidieusement sur mon bas-ventre. Cependant, je remis à plus tard, mais lui offris quand même ma carte de visite. Même si j'en avais grandement envie, j'avais en tête ce « jamais le premier soir ». qui m'avait sortie de l'attraction sexuelle à laquelle j'avais volontairement consenti dans l'ivresse du moment.

La nuit fut à la fois longue et mouvementée. J'étais sur un nuage au-dessus de l'hôtel, cherchant par quelle fenêtre je pourrais l'observer… Je le voyais dormir à plat ventre sur des draps blancs, le corps totalement découvert, une jambe pliée et laissant paraître un scrotum velouté. Je m'endormis sur cette pensée.

Le lendemain, je reçus un appel de lui. Il m'invitait à diner, et m'attendrait dans le stationnement de l'hôtel à 19 h. Toute à cette pensée, je passai une journée légère, et dispersée dans toutes les obligations reliées à mon travail, mais hors d'état de me concentrer sur quoi que ce soit. Je tentai de lire quelques nouveautés, mes pensées n'étaient dirigées que vers Gwendal et ses lèvres suçeuses, ou encore son scrotum endormi.

Il m'attendait ponctuellement à l'entrée du stationnement. À sa façon de me regarder, je devinai que nous allions passer une soirée et une nuit inoubliables. J'imaginais manger au restaurant de l'hôtel et passer à sa chambre ensuite, mais rien n'arriva comme prévu. Nous avons pris un escalier de service, et sommes arrivés à un endroit que je n'aurais jamais imaginé tel, vu la structure de la bâtisse. Un superbe penthouse vitré offrait une vue imprenable sur la montagne illuminée en cette saison de ski. Face à la montagne, est un endroit rêvé pour y faire l'amour. Cela ne tarda pas. Il me fit installer sur le divan de velours, devant un magnifique foyer en pierres, et m'offrit à boire aussitôt. Les pieds sur un pouf et les yeux rivés sur les flammes, nous avons dégusté à petites lapées un Veuve Cliquot ensorceleur. Nos vêtements se sont envolés dans toute la pièce, et nos corps se sont montrés l'un à l'autre. Étendue à plat ventre sur un tapis persan, la tête sur un coussin, je laissais les doigts de Gwendal explorer avec tendresse mon corps brûlant d'émoi. Il me versa d'abord une huile chaude tout le long de la colonne vertébrale, depuis le cou jusqu'au coccyx, et me frictionna amoureusement.

De temps à autre, il effleurait mes seins du bout des doigts, ou mieux encore, passait son majeur sur mon anus et glissait jusqu'à ma vulve. J'en frissonnais de plaisir. Après quoi, il me couvrit d'une robe de chambre, me tourna sur le dos et reprit son massage. Il me voulait inerte, comme un nécrophile qui adore ses dépouilles. Il m'enduisit la poitrine entière de son huile, et s'amusa à tenir son sexe en étau entre mes deux seins, qu'il pressait l'un contre l'autre à deux mains. Les bras croisés derrière la tête, je le regardais profiter de moi, me laissant aller à ma jouissance passive, avant de renaître pour profiter de lui à mon tour. Lorsque ses mains arrivèrent à nouveau sur ma vulve, je me mis à trembler ; ma tête commença à se fixer sur son sexe, que je désirais prendre dans mes entrailles. Il prit enfin mes bras, et les plaça de chaque côté de mon corps, puis m'écarta les cuisses pour me pénétrer. Dans son mouvement de bassin, nos bouches entremêlées, il faisait corps avec moi. J'exultais. Je voulais tellement jouir au même moment que lui, que nous y arrivâmes au bout d'une éternité toute naturelle... Ouf ! ! ! ! ! ! !

La chaleur aidant, je m'assoupis près des flammes. À mon réveil, le caviar et le vin blanc attendaient sur la table du salon. Gwendal était on ne peut plus ragaillardi. En robe de chambre, nous fîmes honneur à ce festin, assis sur des coussins devant l'âtre. Les dernières petites bouchées, nous les savourâmes l'un sur l'autre. Tantôt, Gwendal s'amusait à étendre du caviar sur ma vulve et mes lèvres et me léchait à pleine langue. Tantôt, j'humectais son gland de ma salive et le couvrais de caviar. Je jouais à saisir le moindre petit grain, pour le déguster, entre dessert et désir remontant.

Sous le ciel étoilé de la verrière, face aux pentes éclairées, nous avons pris un cognac, que nous avons bu un bras croisé l'un dans l'autre comme si nous nous étions unis pour l'éternité. Chaque gorgée se mêlait à nos baisers.

Jamais, je ne m'étais accordé autant de bonheur à vivre une passion avec un homme qui me plaisait autant. Le seul fait de le regarder me donnait le désir de le posséder. Immense bien-être, que de s'unir passionnément à l'homme qui nous émeut de l'intérieur, au plus profond de nous-mêmes. Jusque là, j'avais accepté de me laisser dominer sexuellement, mais c'était mon tour. Je dirigeai ma main vers son membre, effleurai son gland avec des mouvements circulaires. Le moindre attouchement l'attisait, et j'assistais à l'ascension de son sexe, que je pris dans ma bouche quand il fut à mon goût. Puis, je l'installai commodément le dos à la fenêtre. De cette façon, je pouvais à loisir admirer ce paysage lumineux qui se déployait à travers la fenêtre, et en même temps avaler de ma vulve sa verge raide, prête à faire éclore ses millions de spermatozoïdes. Dans ma jubilation au-dessus de lui, je regardais la piste de ski monter et descendre, et aimais son visage, tendu vers l'extase comme dans une souffrance. Il tenta d'accélérer nos mouvements, mais je maintins le rythme de mon propre plaisir, il devait se soumettre à son tour, et je le tenais à ma merci entre mes cuisses. Mais lorsque je fus parvenue au seuil du non-retour, je l'attirai vers la moquette pour me coucher sur lui, comme si c'était moi qui le pénétrais. Je me mis à tanguer, tanguer en lui, en mimant moi l'homme et lui la femme. Je voulais l'aspirer jusqu'au fin fond de mon ventre. Nos deux corps se fracassèrent presque à l'improviste, en un orgasme céleste. Et nous nous sommes endormis pressés l'un contre l'autre.

Le froid me réveilla. La piste devant moi était toujours d'une blancheur virginale ; le feu s'était éteint dans l'âtre. Je cherchai Gwendal du regard, mais il n'y avait personne. Même la table avait été desservie. Nulle trace de bouteille de champagne, ni de vin blanc, ni de vin rouge, et encore moins de cognac. Mes vêtements avaient été ramassés, et placés avec soin sur le fauteuil près de la porte. Alors, je me souvins que Gwendal était pâtissier à l'hôtel, et qu'il devait être de service. J'aurais pourtant aimé qu'il me laisse un message, trois mots... Je m'habillai en hâte, et repartit chez moi le cœur à l'envers.

Le lendemain, je revins à l'hôtel. À ma surprise, quand je fis demander un dénommé Gwendal, personne ne semblait le connaître. Piquée au vif, j'exigeai de revoir cette chambre où nous avions passé la nuit. Il n'y avait bien sûr personne ; mais j'appris incidemment qu'il s'agissait en fait de la suite du propriétaire de l'établissement et apparemment, celui-ci ne passait que très rarement. On ne l'avait pas vu depuis au moins plusieurs mois.

L'Amant

Mon cher Bruno d'amour,

Assise à mon bureau en train de travailler, je t'invente auprès de moi. Je te vois derrière moi, glissant tes mains sur mes épaules nues ; et je penche un peu la tête pour mieux te sentir et te retenir. Ta chaleur me réchauffe, ton souffle dans mon cou m'électrise, et j'en demande encore. De ta bouche si tendre s'échappent des ruisseaux de miel qui tout à l'heure vont se fondre sur ma langue désireuse de te savourer. Ta main vient frôler un de mes seins, je la prends et la guide sur ma poitrine. Tu as réveillé ma peau, mon regard, mon

sexe. J'ai la fièvre de te posséder d'amour. Il ne me
reste que quelques jours à t'attendre et à te vivre.
Je t'espère comme on attend le jour.
Maude xxx

Bruno aime Maude de tout son cœur, depuis
le jour où il l'a rencontrée au cinéma. Elle
était seule, et lui aussi. Ils étaient passés à la
billetterie l'un après l'autre sans se connaître,
et s'étaient assis côte à côte sans s'en
apercevoir. La salle bondée était plongée dans
une espèce d'euphorie, le visionnement allait
commencer lorsque Maude laissa échapper
son rouge à lèvres. Bruno s'empressa de le lui
ramasser. Il la regarda droit dans les yeux en
le lui remettant, et depuis lors, il n'a jamais
cessé de l'aimer.

Ma Maude,
Je ne pourrai malheureusement pas sentir ta peau
sur la mienne, ni couvrir ton corps de baisers,
comme nous avions prévu vendredi dernier. Je
dois rester à Toronto jusqu'à mardi. Je vais devoir
attendre encore pour te faire l'amour. Je ne vais

plus vivre que pour ce moment-là.
Je t'aime.
Bruno ? xxx

Maude, déçue, lut et relut le message sur l'écran de son ordinateur. Bruno ne viendra donc pas. Comme ils ne se voyaient que toutes les trois semaines, elle regarda son calendrier, et encercla la date de leur prochaine rencontre. Son travail de journaliste l'accaparant, elle ne pouvait lui octroyer plus de temps. C'était leur pacte tacite. Et ni l'un ni l'autre ne voulait revenir sur cette décision.
« À quoi bon s'apitoyer sur son sort ? Vivons ! » se dit-elle. Elle téléphona aussitôt à une amie pour planifier une sortie ce vendredi soir là. Sa dernière escapade entre amies lui semblait dater d'un siècle.

Après dîner, les jeunes femmes se retrouvèrent dans un petit bar de l'ouest de la ville. L'alcool enflammait les joues, et les hommes rodaient comme des requins autour des proies. Sentir leurs regards les émoustillait toutes.

Vers une heure trente du matin, Maude quitta ses amies pour se refaire un brin de toilette. À son retour, elle arriva face à face avec son ex-mari, qui se trouvait là par hasard. Elle ne le reconnut pas tout de suite, avec ses trente livres en moins. Elle le trouva beau, et il avait l'air sobre. Ils se jaugèrent un moment du regard, puis en vinrent à parler longuement, presque comme d'anciens amis. Ils revinrent sur des souvenirs de dix ans de vie commune. Et insidieusement, Maude sentit revenir en elle un regain d'intérêt pour cet homme qu'elle avait tant aimé depuis son adolescence. Ils se quittèrent sur un baiser ami. Mais lorsqu'elle revint au bar, Jeanne, qui devait la reconduire, avait déjà quitté les lieux avec un latino (lui apprit-on). Elle quitta ses amies, fourbue, et héla au-dehors un taxi pour rentrer. Au moment même où elle s'apprêtait à monter, son ex arriva par-derrière et lui offrit de la reconduire. Elle accepta.

Devant la porte, il gara sa voiture.

    – Dis, tu m'offres un café ?

– D'accord. Mais un seul.

Ils entrèrent. Aussitôt que la porte fut refermée, leur vieille passion resurgit sans crier garde. Elle ne put refuser l'étreinte de Louis. Mais elle se refusait à cette évidence.

– Ciel ! Pourquoi revivre le passé ?

– Maude, oublie le passé. C'est au présent, que tu vis.

Louis prit Maude par la taille, la souleva comme une plume, en la faisant pivoter autour de lui. Elle s'accrocha à son cou, en plaçant ses deux jambes de chaque côté de son corps ; comme avant. Ce fut ainsi, qu'ils entrèrent dans la chambre qui était restée intacte après trois années de silence et d'absence. C'était bien lui, l'amour de sa vie. Comment peut-on oublier dix années de bonheur ? Maude se laissa aller comme si c'était hier. En s'efforçant d'oublier pourquoi, jadis, elle lui avait demandé de partir.

Dans un état de grâce, leurs lèvres caressèrent leur visage l'un l'autre ; doucement, tendrement, avec gravité. Comme s'ils se reconnaissaient, ou se découvraient enfin. Ce nouveau premier baiser entama la fête des caresses, de la fièvre et de la volupté nocturnes. Le ventre de Maude se crispa contre la protubérance prometteuse qui froissait sa jupe. N'y tenant plus, elle ouvrit la braguette distendue, baissa le caleçon d'un geste vif, et, se mettant à ses genoux, amena le sexe de Louis à sa bouche. Elle se mit à l'aspirer goulûment ; pour lui arracher son sperme. Tandis que lui, la tenant fermement par les cheveux, exerçait sur sa tête un mouvement de va-et-vient pour faire durer le plaisir. Mais au bout d'un long moment, il réprima une éjaculation si exaltante pour se concentrer à son tour sur ses lèvres pubiennes, en les flattant du bout des doigts, comme un pianiste sur le clavier de ses sens. Il la coucha en travers, les jambes écartées placées de chaque côté de lui, souleva ses fesses et la pénétra avec délectation, en la tenant solidement dans les airs, se mit à la secouer à grands coups de verge, presque jusqu'à épuisement. Mais aussitôt qu'il s'arrêta, elle le coucha à son tour sur le dos,

et l'enfourcha comme un cheval de bataille. Dans ses tressautements et ses sursauts fougueux, Louis tantôt lui pinçait le bout des seins, tantôt les lui suçait avidement. Tandis que Maude, une main en arrière, lui flattait les couilles, pour l'exciter à poursuivre leur chevauchée. Louis la tenait par les seins, comme si c'était des rênes pour la guider et la soumettre, et la flagellait en même temps de sa saillie, pour toucher son plaisir toujours au plus profond : « Encooooore. Ennnnh ! criait-il. OooH ! Ouiiiimmmmmmmmmmmm... ! »
Épuisés, Louis et Maude s'endormirent dans les bras l'un de l'autre.

Le lendemain matin, les deux amants se retrouvèrent assis devant leur tasse de café, en se demandant s'il y aurait une suite. Pour Maude, il n'en était pas question. Louis, par contre, était un passionné, un dépendant affectif qui avait entravé sa carrière tout le temps qu'avait duré leur relation. En trois ans, depuis sa rupture, elle s'était fait un nom dans le journalisme. Elle devait lui dire de partir.

Elle prit sa douche sans entrain, résolue à le guider vers la porte, et à la refermer sur lui et sur ses souvenirs. Mais sur le seuil, Louis demanda à Maude un dernier baiser. Elle refusa tout d'abord, mais comme il insistait, elle finit par consentir. Elle l'embrassait presque par politesse, machinalement. Mais ce faisant, en levant les yeux, elle aperçut Bruno qui les regardait, ahuri, debout près de sa voiture stationnée de l'autre côté de la rue.

Elle ne les revit jamais. Ni l'un ni l'autre.

À paraître prochainement aux Éditions de l'Interdit :

- *Mémoires épicuriennes* II
  sous la plume de Monsieur de Pervers

- *Mémoires épicuriennes* III
  sous la plume de Mademoiselle de l'Audace

Pour ne pas manquer la sortie de ces croustillantes nouvelles,

Rendez-vous sur le site :

www.leseditionsdelinterdit.com

Distribution : Benjamin livre
Infographie : Laso design

Achevé d'imprimer le 28 octobre 2010
Sous les presses de Transcontinental